Sonho de uma noite de Verão

WILLIAM SHAKESPEARE

Sonho de uma noite de Verão

TEXTO ADAPTADO POR
TIAGO DE MELO ANDRADE

Principis

Esta é uma publicação Principis, selo exclusivo da Ciranda Cultural
© 2021 Ciranda Cultural Editora e Distribuidora Ltda.

Texto
William Shakespeare

Editora
Michele de Souza Barbosa

Adaptação
Tiago de Melo Andrade

Preparação
Nair Hitomi Kayo

Revisão
Agnaldo Alves

Produção editorial
Ciranda Cultural

Diagramação
Linea Editora

Design de capa
Ciranda Cultural

Imagens
AVA Bitter/Shutterstock.com;
P.S.Art-Design-Studio/Shutterstock.com;
Anastasia Lembrik/Shutterstock.com;
aksol/Shutterstock.com

Dados Internacionais de Catalogação na Publicação (CIP) de acordo com ISBD

S527s	Shakespeare, William
	Sonho de uma noite de verão / William Shakespeare; adaptado por Tiago de Melo Andrade. - Jandira, SP : Principis, 2021.
	96 p. ; 15,50cm x 22,60cm. (Shakespeare, o bardo de Avon)
	Título original: A Midsummer Night's Dream
	ISBN: 978-65-5552-646-2
	1. Literatura inglesa. 2. Sonho. 3. Aventura. 4. Fantasia. 5. Mitologia. 6. Sonho. I. Andrade, Tiago de Melo. II. Título.
2021-0158	CDD 820
	CDU 82/9.82-31

Elaborado por Lucio Feitosa - CRB-8/8803

Índice para catálogo sistemático:
1. Literatura inglesa : Romance 820
2. Literatura inglesa : Romance 82/9.82-31

1ª edição em 2021
www.cirandacultural.com.br
Todos os direitos reservados.
Nenhuma parte desta publicação pode ser reproduzida, arquivada em sistema de busca ou transmitida por qualquer meio, seja ele eletrônico, fotocópia, gravação ou outros, sem prévia autorização do detentor dos direitos, e não pode circular encadernada ou encapada de maneira distinta daquela em que foi publicada, ou sem que as mesmas condições sejam impostas aos compradores subsequentes.

SUMÁRIO

PERSONAGENS DE SONHO DE UMA NOITE DE VERÃO 7

CAPÍTULO 1 9
CAPÍTULO 2 19
CAPÍTULO 3 25
CAPÍTULO 4 31
CAPÍTULO 5 35
CAPÍTULO 6 43
CAPÍTULO 7 55
CAPÍTULO 8 67
CAPÍTULO 9 71
CAPÍTULO 10 75
CAPÍTULO 11 81
CAPÍTULO 12 83

PERSONAGENS DE SONHO DE UMA NOITE DE VERÃO

TESEU:
Herói e Duque de Atenas

HIPÓLITA:
Rainha das Amazonas, a noiva de Teseu

EGEU:
Pai de Hérmia

LISANDRO:
Apaixonado por Hérmia

DEMÉTRIO:
Escolhido por Egeu para se casar com Hérmia

HÉRMIA:
Apaixonada por Lisandro

HELENA:
Apaixonada por Demétrio

William Shakespeare

FILÓSTRATO:
Mestre de cerimônias da corte de Teseu

OBERON:
Rei das Fadas

TITÂNIA:
Rainha das Fadas

PUCK:
Duende que presta serviços ao Rei das Fadas

FADAS QUE SERVEM À TITÂNIA:
Flor de Ervilha
Teia de Aranha
Semente de Mostarda

A TRUPE DE ATORES:

JOCA MADEIRA:
Carpinteiro, faz o prólogo na peça

ZÉ FUNDILHOS:
Tecelão, representa Píramo

JOÃO FLAUTA:
Conserta foles, é Tisbe na peça

TITO BICO:
Funileiro, atua como o Muro

MANÉ FAMINTO:
Alfaiate, representando o Luar

ZICO JUSTO:
Marceneiro representando o Leão

CAPÍTULO 1

A bela e rica cidade de Atenas se preparava para uma grande festa, sem dúvida nenhuma, a maior delas. O Duque Teseu, grande herói, estava de volta depois de longa jornada, regressando de missões e batalhas, nas quais lutou por honra e glória de seu amado povo e cidade.

Agora, desfrutando da paz conquistada em batalha, compartilhou, para máxima alegria de toda gente ateniense: estava em tempo de casar-se! Decidido, até a data dos festejos marcou e comunicou. Os corredores do palácio se agitaram com a novidade e seus preparativos, uma vez que não havia tempo sobrando para organizar tão importante festejo.

Era preciso comemorar! Depois de tantos amores em vão, que não acharam o caminho do altar, havia finalmente de se casar o Duque com Hipólita, a Rainha das Amazonas. As Amazonas, lendárias mulheres guerreiras que cavalgam alazões indomados pelas florestas e pelos campos de batalha lutando impiedosas, e que haviam já participado de guerras terríveis como a de Troia. Os noivos estavam felizes e ansiosos com a proximidade do casamento:

– Venha ligeiro, Hipólita, nosso casamento será em quatro dias, quando no céu se verá a lua nova! Mas como demoram a passar as fases da lua quando se tem pressa! Sou como um herdeiro aguardando ansioso parte de seu tesouro, cuja madrasta malvada esconde.

– Meu amor Teseu, quatro longos dias e noites para sonhar um tempo breve... Eis que a Lua, um arco de prata no céu, verá a noite na qual, enfim, será realizado nosso sonhado casamento!

Aguardava-se uma festa de arromba, dessas celebrações que duram dias, que há tempos não se via. A boa-nova das núpcias do Duque haveria de correr longe!

Para ajudar com os preparativos, Teseu convocou o mestre de cerimônia da corte, Filóstrato, ficando ele incumbido dos convidados da festa e de espalhar a notícia com muita alegria!

– Não queremos gente triste, tampouco lamentações! Teremos dias de festa, apresentações, música, dança teatro! – orientou o grande herói.

Tristeza não era coisa que combinasse mesmo com aquela união. Teseu antes havia conquistado Hipólita com a espada nas mãos, passado por guerras e vencido a morte. Depois de percorridos tantos percalços e dificuldades, queria, para o casamento, apenas festa e alegria!

Contudo, em meio ao entusiasmo dos preparativos, uma visita inesperada o surpreendeu. No palácio chegaram um senhor já velho, seguido de três jovens: uma moça triste, Hérmia, e dois rapazes, ambos com o semblante carregado, Demétrio e Lisandro.

– Viva Teseu, nosso amado Duque! – saudou com deferência e intimidade o velho, demonstrando longa amizade.

– Egeu, diga, quais as novidades? – quis saber o Duque, deixando de lado, por um instante, os preparativos da cerimônia.

O velho Egeu estava aborrecido, e veio ter com o Duque a fim de resolver um problema com a filha, Hérmia. Ela estava prometida ao rapaz Demétrio, que os acompanhava, em um casamento arranjado, combinado de muito tempo. Mas ela, de verdade mesmo, queria era casar-se com o jovem fazedor de versos, Lisandro.

Na opinião de Egeu, o poeta seduzira e encantara sua filha com rimas e serenatas de amor sob a janela, à noite, com sua voz suave e balançando os cachinhos do cabelo, exibindo mocidade, beleza, anéis, enfeites... Trazendo flores, doces, e assim com essas astúcias e presentinhos tolos, roubou o coração inocente de moça ainda sem muita experiência de vida. Ao menos assim julgava o pai.

Por essas e outras achava-se magoado Egeu. Caída de amores, a filha já não era a mesma, cabeça virada, sem tino de obedecer, a bem dizer, uma pedra de rudeza e teimosia. Por isso, foi ele se acudir na autoridade do Duque, o legítimo guardião das leis locais.

Pretendia com aquela audiência encontrar uma solução para a questão, de preferência a que mais lhe agradava, fiando-se na antiga a amizade com Teseu:

– Sua Graça, se ela não aceitar casar-se com Demétrio, como estava antes combinado, invoco as antigas leis de Atenas!

– As leis de Atenas escutam com todo seu rigor.

– Como é minha filha, dela posso fazer e desfazer! Tanto dá-la a este homem ou dar-lhe a morte, conforme impõe a nossa lei, e acredito seja o caso – disse o pai tomado de ódio pela desobediência da filha, que não acatara sua autoridade.

– É o caso de ponderar bem, nunca se roga o socorro da legislação em vão! – disse o Duque, buscando algum caminho de conciliação. Voltando sua atenção para a jovem rebelde, especulou o quanto pôde aquela situação.

O Duque quis saber da bela Hérmia o que ela pensava, diante de tudo o que fora exposto até aquele momento, lembrando e levando em conta que, se não fosse seu pai, ela jamais teria nascido ou jamais seria a bela mulher que era.

– Seu pai escolheu Demétrio, entre tantos, para seu esposo. Certamente qualidades não lhe faltam, estou certo, minha jovem.

– Sua Graça, em Lisandro também há qualidades, e são muitas, tantas quantas ou até melhores.

– Ainda que sejam muitas, a mais importante lhe falta: a aprovação de seu pai.

– Se meu pai o pudesse ver com meus olhos e um pouco mais de boa vontade, quem sabe...

– Tanto melhor que se visse pela cabeça do pai, o que é correto. Não é assim que nos ensinam a vida toda?

– Sua Graça me perdoe a ousadia, mas, por favor, quero saber o que de pior poderá acontecer se eu recusar Demétrio? Caso eu desobedeça e não me case, preciso saber qual será meu castigo perante tal legislação.

– Há várias penas. A lei é dura! Poderá ser condenada à morte ou ficar afastada para sempre de todos, no degredo! Está certa do que quer? Mas também o que pode lhe acontecer, o que não deixa de ser severo, é ser enviada ao convento, para se tornar uma monja enclausurada...

– Convento?

– Não é para se animar, não. Caso não ceda à escolha de seu pai, vestirá o hábito de monja e uma cela modesta do claustro será sua nova casa, com apenas uma janelinha por onde verá a lua fria, com saudades da vida do lado de fora. As serenatas, ah as serenatas, serão apenas lembranças! As serestas, danças e peças de teatro, tudo será passado! Os muros do convento são largos, grossos, nem sequer o som da vida lá fora passa, apenas orações e celibato!

– Não temo!

– Tantas outras moças já passaram por igual tentação como você e, ao pensarem bem, se livraram do triste destino de viver e morrer no claustro e em penitência.

– Reflita bem – pediu Demétrio.

– Se é que não será executada! – lembrou o Duque.

– Viva ou morta, não me importa! Se não posso escolher o destinatário do meu amor, que me importa viver?

– Por favor, não diga isso, Hérmia! – mais uma vez Demétrio tenta acalmá-la.

– Presa ou livre, tanto faz! Sem Lisandro, morte ou prisão, a escolha será de vocês! – a jovem manteve-se irredutível.

Percebendo que não ia dissuadir Hérmia, o Duque propõe um prazo para que ela reflita:

– Na próxima lua, caso-me com Hipólita em grande festa! Neste mesmo dia será selado seu destino. Até lá considere bem, pense, medite e decida. Hérmia escolherá: ou casa com Demétrio, ou entra para o mosteiro, ou prepara seu espírito para enfrentar a morte, por desobedecer a decisão de seu pai. Não há opções além, a escolha será sua.

– Decidirei, Sua Graça!

Demétrio, vendo a confusão armada e a moça ainda teimando apesar de pressionada pela autoridade e pelas leis, tenta um acordo, pedindo que ela reconsidere sua decisão em favor do seu direito ao casamento anteriormente combinado, como fosse o amor uma mercadoria ou um contrato.

– Veja bem, Hérmia, seu pai e eu já havíamos tratado disso... Somos amigos de longa data, eu confiei. Estava tudo acertado, é meu direito!

Lisandro não aceita tal declaração e recomenda que se casem Demétrio e Egeu, uma vez que se amam tanto! O velho, sapateando de raiva pela ofensa, vocifera:

– Insolente! Demétrio tem sim o meu amor e por isso terá o que é meu: Hérmia – determina mais uma vez o pai.

Lisandro, nutrido pelo grande amor que sente por Hérmia, não se acovarda diante daqueles homens poderosos:

– Egeu, parece que estamos a tratar de negócios. Se trata sua filha como uma mercadoria, digo que é verdade que não sou bem-nascido como Demétrio, nem tão rico, para lhe pagar com tantas moedas. Mas se houvesse como medir o amor, posso garantir: o meu por sua filha é muito maior que a fortuna de Demétrio, e saibam que ela, Hérmia, tem por mim um amor de igual fortuna! Por que haveríamos de renunciar a ele? Pelos negócios? Qual vale mais: amor ou dinheiro?

– Silêncio! Silêncio! – pediu o Duque encerrando a audiência.

Sua decisão estava dada, era inútil discutir, perdera muito tempo. Havia de retomar o assunto de antes, seu casamento. Mais uma vez alertou a filha rebelde para que acatasse as ordens do pai, ou sofreria as consequências:

–Pense com cuidado, minha querida. Será triste ver o seu sangue derramado.

Ali espiando, sem esconder o desconforto, estava Hipólita. O Duque, percebendo o desagrado da noiva, mudou o rumo da conversa, solicitando que Egeu e Demétrio ajudassem com os preparativos do casamento. Deu a eles tarefas a serem feitas, que ajudassem a espalhar a novidade. Foi levando para uma conversa reservada, com vias de tratar detalhes dos festejos, deixando sozinho o casal apaixonado.

– Hérmia, não fique assim! – Lisandro tentava consolar a namorada, desolada com a decisão de Teseu.

– Eu poderia chorar uma tempestade com meus olhos, Lisandro, meu amor!

– Justo como me contaram e li nos livros, amar é sofrer! Como bem estamos sabendo agora e sentindo na pele, é verdadeiro o nosso amor. Ainda que tudo esteja tão difícil, consola saber que recebemos a bênção de amar de verdade! – Lisandro tenta notar algo de bom em meio às dificuldades.

– O amor verdadeiro sempre se frustra. Sempre será assim implacável a regra do destino? Então, teremos de ter muita paciência atravessando a prova, que a tantos outros como nós deve afligir: amor, devaneios, sonhos, suspiros, desejos, lágrimas e fantasias – falou Hérmia, concordando que amar é sempre um exercício de paciência e esperança.

– Isso! Paciência, amada Hérmia. Para a chegada do futuro, nem tudo está decidido!

– Meu amado, teve alguma ideia que nos salve?

– Tenho uma tia viúva, herdeira, senhora de posses, sem filhos. Sua casa de Atenas está a sete léguas. Ela me quer bem como se eu fosse seu único filho. Longe das duras leis atenienses e sob a proteção de sua fortuna, poderemos nos casar, Hérmia!

– Sim! É uma grande ideia, distante da lei e da espada de Atenas, poderemos finalmente alcançar a felicidade! – entusiasmou-se Hérmia.

— Se tem por mim amor verdadeiro, fuja da casa de seu pai amanhã. Nos encontramos no bosque a uma légua da cidade, aquele mesmo lugar onde a encontrei uma vez com você e sua amiga Helena para os ritos de maio, lembra?

— Sei exatamente onde é, meu amor!

— Espero você lá.

— Meu Lisandro, juro pelo arco do Cupido e sua flecha pontuda e dourada, pelo mistério que enlaça as almas e o amor instiga, pelos votos que os homens romperam e muito mais do que as mulheres já prometeram, estarei com você neste lugar. Amanhã nos encontraremos!

Aos portais do grandioso palácio de Teseu, quando ainda estavam combinando a fuga, por acaso vinha Helena, passo duro, e não estava com expressão muito amistosa. Ao ver a amiga passando, Hérmia acena:

— Bela Helena, para onde vai tão apressada?

— Bela, eu?

— Sim, você mesma, amiga!

— Não acredito que seja, Hérmia. Demétrio, por exemplo, espalha aos quatro ventos que é você a mulher mais bela de Atenas. Os seus olhos são estrelas, e a voz um cantar de passarinhos ao entardecer.

— Demétrio é louco, Helena! Eu o detesto!

— A verdade é que estou muito distante de alcançar você em graça e beleza: uma cotovia ao ouvido do pastor. Quem me dera suas palavras fossem verdade e a sua beleza fosse minha, seus olhos os meus, sua voz macia a minha, quiçá, Demétrio querido teria olhos para mim... Mas não! Você o conquistou desde o início!

Hérmia sentiu tanto pela amiga Helena, sofrendo de paixão não correspondida. As duas se conheciam desde crianças, seu afeto por Helena era sincero, por isso fez questão de deixar claro o que sentia por Demétrio:

– Desprezo Demétrio, Helena.
– Um pouco melhor para mim – suspirou a amiga, mais aliviada.
– Mas ainda que o insulte, ele me retribui com amor.
– O amor que desejo você enjeita...
– Me assedia na mesma medida que o odeio!
– Eu o amo, ele me evita...
– Não tenho culpa, Helena.
– Se a beleza que é sua fosse minha...

Hérmia se compadeceu da situação em que se encontrava Helena. Há bem pouco tempo, ela estava sem nenhuma esperança de prosseguir em seu namoro com Lisandro, mergulhada em sofrimento. Então surgiu a ideia de partirem de Atenas. Agora estava cheia de energia, alegria e esperança!

Com a nobre intenção de ajudar, decidiu revelar os planos de sua fuga com o amado, assim Helena sentiria o caminho livre para a sua conquista:

– Ânimo, minha querida amiga! Demétrio não verá mais meu rosto. Lisandro e eu vamos fugir! Já não aguento mais! Antes Atenas era como o paraíso, depois que conheci Demétrio tornou-se um inferno! Estarei livre dele em breve, será todo seu.

Lisandro também não viu mal em partilhar a informação e, confiando, contou a Helena os detalhes da fuga, o encontro naquele mesmo bosque, onde os três outrora já estiveram reunidos para os ritos de maio, em orações e festejos.

Estavam cheios de coragem e finalmente Hérmia ficaria livre da opressão daqueles homens. No degredo, exilados, longe de Atenas, em companhias benquistas, poderia o casal viver o amor verdadeiro, sem medo ou ameaças:

– Adeus, amiga! – despede-se Hérmia com sinceras lágrimas.

– Adeus! – acena também Lisandro, acreditando que jamais poria os olhos em Helena outra feita.

– Torça por nós. Espero que depois disso Demétrio dedique a você a merecida atenção – despede-se mais uma vez Hérmia.

– Encontro você no bosque, amada Hérmia! Helena, que Demétrio ame você na mesma medida que você o ama – torna a despedir-se Lisandro, ganhando o casal apaixonado as ruas de Atenas, deixando Helena sozinha diante do palácio de Teseu.

Estando sozinha, o casal já distante, Helena revela o que verdadeiramente se passa em seu coração ao receber dos amigos a informação de sua fuga:

– Para alguns, a felicidade é mais fácil que para outros. Sou considerada tão bela quanto Hérmia e ainda assim Demétrio não tem olhos que me enxerguem... me despreza. Errou, encantado pelos olhos de Hérmia, assim como eu, que por ele me encantei. O amor tem disso, dá valor às coisas tolas, que nada valem, e bagunça a ordem costumeira. Falta aos enamorados julgamento, poder avaliar e distinguir! Fui flechada por um cupido alado e cego! Asas sem olhos levam ao sofrimento apenas... O amor é feito mesmo uma criança, escolhe enganado, mente muito, confunde. Demétrio por Hérmia perdeu o senso e faz tantas juras sem perceber que a escolha mais acertada sou eu. O melhor é revelar a ele como ela fugirá. Amanhã à noite, ele irá até o bosque. Eu, que lhe ajudei denunciando, terei sua gratidão, que espero seja bem paga! Por mais que me doa trair os amigos, ter atenção de quem amo é mais importante e valerá a pena pagar o preço.

CAPÍTULO 2

A companhia de teatro amador estava reunida na casa simples de um carpinteiro. O grupo havia se inscrito para participar dos festejos por ocasião das bodas de Teseu, como Filóstrato havia noticiado.

O grupo poderia ser selecionado para o dia do casamento, ou não, ainda que eles acreditassem piamente que sua companhia seria uma das poucas escolhidas na cidade para estar diante do Duque e seus convidados.

A companhia artística era composta por: Joca Madeira, o carpinteiro; Zé Fundilhos, o tecelão; Zico Justo, o marceneiro; João Flauta, o consertador de foles; Tito Bico, o funileiro; e Mané Faminto, o alfaiate.

Reunida a trupe, ela deveria preparar uma apresentação teatral tão boa que não escapasse de ser selecionada para compor a programação das bodas do grande herói Teseu, evento que, além da enorme honra, seria um salto para a trajetória artística do elenco. Começaram com uma boa seleção de atores e papéis:

– Trago uma lista com bons nomes de homens capazes de atuar em nossa peça – disse Madeira, com entusiasmo.

– Espere, Joca Madeira. Antes diga do que trata a peça, para depois revelar quem são os talentosos atores – interrompeu Fundilhos, uma criatura por vezes inconveniente e muito ansiosa, sempre inconformado em ver Madeira nessa posição improvisada de diretor, vivendo a lhe interromper com palpites:

– Fundilhos, nossa peça é: "A mais lamentável comédia e a Morte mais terrível de Píramo e Tisbe" – respondeu com seu enorme saco de paciência, Madeira, que nunca, jamais perdia as estribeiras.

– Muito bom e alegre, seguramente! – opinou Fundilhos, ainda que não tivesse certeza do que estava falando.

– Não tenha dúvidas! – assegurou Madeira – Agora, chamarei os atores nomeando seus papéis....

– Ótima ideia! – atravessou Fundilhos.

– Respondam quando eu chamar. Zé Fundilhos, o tecelão?

– Eu, eu! Me dê o papel que me cabe. E prossiga com os demais!

– Você será Píramo!

– O que é Píramo? – responde Fundilhos, entregando que na verdade não conhecia a peça. – Acaso é um tirano? Ou será um amante?

Madeira esclarece que Píramo, na peça, era o nome de um amante que, levado por um engano, é tomado de desespero e se mata por amor. Ou seja, o papel principal da peça seria de Fundilhos que, apesar de bobalhão, era um homem bonito, conveniente ao papel de amante. Isso o deixou tomado de energia:

– Ótimo! Precisará de choro para uma boa cena. Se eu o fizer, ninguém aqui se importa que cause comoção na hora do espetáculo e leve o público aos prantos? Tenho certeza de que as senhoras presentes no palácio de Teseu irão se debulhar em lágrimas. Embora gostasse mais de ser o tirano. Não há também um tirano na peça? Poderia representar Hércules? Iria impressionar, sem dúvidas, vociferando e fazendo tudo tremer e rachar. E ainda poderei recitar um poema:

As pedras furiosas
Batendo contra as grades
Quebram as fechaduras
Dessa porta de prisão

Apolo em sua carruagem
No polo apagará
Um louco
Cometendo desatinos

Todos ficaram muito impressionados com a atuação de Fundilhos, apesar de não terem entendido muito o poema e nem quem ele estava representando, mas aplaudiram assim mesmo.

– Não há um tirano – avisa Madeira.
– E o os demais, quais são os papéis? – quis saber Fundilhos.
– Flauta, o consertador de foles, você será Tisbe.
– Quem é Tisbe? O cavaleiro andante? – Flauta quis saber.
– A dama que Píramo ama.
– Imploro, não me ponha num papel de mulher, veja, minha barba está crescendo. Levou tempo para que chegasse nesse tamanho, não gostaria de raspar.
– Isso não tem importância. Não precisará raspar sua penugem. Use uma máscara e fale bem fininho, o público gostará muito!

Fundilhos não se aguenta e revela o desejo de interpretar esse papel importante também.

– Posso esconder o rosto e fazer Tisbe também – propõe Fundilhos. – Falarei com voz finíssima: "*Piííramo!*"

– Não, não, você é Píramo; Flauta, você é Tisbe – insiste Madeira, pedindo calma ao tecelão, lembrando que sobrariam papéis para todos os atores do grupo.

– Tudo bem, continue.

– Mané Faminto, o alfaiate, você fará a mãe de Tisbe. Tito Bico, você fará o pai de Píramo; eu serei o pai de Tisbe. Justo, o marceneiro, você fará a parte do leão. Acho que a peça está pronta.

– Qual é a parte do leão, Madeira, tenho pressa em decorar – pediu Justo, que era conhecido por esquecer as falas.

– Justo, a parte do leão nada mais é que rugir: improvise e ruja!

– Me dê o leão também! Rugirei causando emoções e estou certo: o Duque pedirá bis! – voluntariou-se mais uma vez Fundilhos.

– Mas um rugido muito terrível assustará a Duquesa, as damas, e o Duque nos enforcaria, isso sim! – asseverou Madeira com a concordância dos demais.

– Com certeza meu rugido as tiraria do sério! Não só as damas, toda a gente! Alguns iam chorar, outros desmaiar, outros correr. Não restaria diferente destino a não ser a forca, mas eu posso controlar minha voz para um suave miadinho: *miau! miau!* – ia representando o Leão Fundilhos, alternando rugidos e miados.

– Fundilhos, seu único papel é o de Píramo, pois exige um rosto bonitinho como o seu; você precisa ser Píramo por causa da sua cara – determina por fim Madeira, sem direito à resposta.

– Então farei!

– Ótimo! Cada qual já está com seu papel, por isso peço que tudo esteja muito bem decorado até amanhã à noite. Vamos nos encontrar no bosque, onde costumam comemorar os ritos de maio, a uma milha da cidade, sem que ninguém nos veja, para não estragar a surpresa da apresentação. Lá ensaiaremos em segredo e organizamos as necessidades para a peça sigilosamente – orientou Madeira.

CAPÍTULO 3

Era uma dessas noites quentes de verão, e Puck, o duende, estava no bosque se refrescando, sentado no mais alto galho da mais alta árvore, balançando os pés peludos. Pensava na próxima travessura que faria, quando uma fadinha cruzou o céu num risco de luz, voando bem ligeira:

– Ei, espírito, aonde vai com tamanha pressa?

A fadinha, piscando as luzinhas, parou a toada e respondeu:

– Sobre vales e montes, grama e sorgo, parque e fonte, lá vou eu! Pela água, pelo fogo; eu vou a todo lugar como a lua vai pelos céus. Sou uma das fadas que servem à corte de sua majestade a Rainha. Molho a erva daninha, nas pétalas de suas flores coloco brincos de orvalho, na madrugada as faço reluzir de sereno! Das árvores, raízes, troncos, musgo, grama, sou a guarda. Adeus, vou embora, a Rainha vem, tenho pressa!

Aquela notícia era realmente boa para o duende que gostava de um malfeito, pois um encontro terrível estava prestes a se dar.

– Ora veja, o Rei das Fadas também está vindo passear pelo bosque, cuidar de suas árvores, festejar com elas. Avise sua Rainha para que não seja vista! Oberon está furioso, pois ela esconde algo que ele quer, e essa rixa tão terrível faz os elfos se esconderem nas árvores.

O Rei e a Rainha das Fadas haviam brigado por causa de um garoto. O Rei o queria muito como pajem ajudante, mas a Rainha não o entregava, alegando que estava presa ao laço de devoção e amizade, era dever dela cuidar dele.

– A Rainha jamais entregará ao Rei o menininho órfão que a mãe lhe deixou aos cuidados antes de morrer – declarou a fadinha.

– O Rei pensa que o garoto será um ótimo ajudante e não abre mão! – respondeu o duende, cruzando os braços sobre o peito.

– Se a memória não me falha e a vista não me pisca, você é aquele espírito, duende de má fama chamado Puck. Passa o tempo dando sustos nas moças, faz o leite talhar, a moenda emperrar e a manteiga estragar. Da bebida, retira a espuma, e pelas estradas engana os viajantes sem nenhum motivo – reconheceu a fadinha, colocando as mãos na cintura, face tomada de indignação.

– Disse muito bem! Sou eu mesmo, sim senhora! Oberon de tão bobo, faço com que ria relinchando como uma potra.

– Nem o Rei você respeita!

– Faço também que as pessoas entornem a cerveja no pescoço, como se a boca estivesse furada.

– Quanta trapalhada!

– Às vezes, onde tinha um banco, faço não ter mais, e a pessoa, ao sentar, se estatela. Toda a gente fica a rir. Jura nunca sentir tanta alegria, eu gosto também! – conta cheio de orgulho Puck.

– Maior tolice, nunca ouvi!

– Fada, lá vem o Rei Oberon!

— E a Rainha. Não é bom!

Oberon, o Rei das Fadas, chegou com seu séquito; e Titânia, a Rainha, aproximou-se cercada dos seus, deixando todos apreensivos, pois já há algum tempo os dois evitavam se encontrar; e quando se encontravam, o resultado não era outro que não fosse estrondosa briga.

— Péssimo encontro ao luar, Titânia!

— Tem ciúmes, Oberon? Fadas, saiam Fadas! – ordena a Rainha, abrindo espaço para brigar com o marido.

— Rebelde! Eu sou seu senhor!

Titânia riu de Oberon e tinha resposta na ponta da língua.

— Para isso, eu deveria ser sua esposa. Mas você fugiu da Terra das Fadas, para dedicar o seu amor à Amazona, sua amante de botas, sua guerreira, aquela que agora se casará com Teseu! – Titânia provocou Oberon, relembrando um falado romance seu.

Ele não se fez de rogado e do mesmo modo devolveu:

— Não se envergonha, Titânia? Falar do meu amor por Hipólita, sabendo que sei do seu por Teseu? Ora, vocês também saíram pela noite em traição!

— Quantas mentiras é capaz de inventar a mente do ciumento...

— Toda Atenas é testemunha das vezes em que você o agraciou com bênçãos, fortuna e bem-aventurança!

— Basta!

Titânia tentou partir para reconciliação, uma vez que a briga do casal causava muita confusão no mundo dos mortais:

— Tolices do ciúme, Oberon! Pare, porque enquanto brigam o Rei e a Rainha das Fadas, os mortais sofrem. O camponês perdeu seu suor, o milho apodreceu antes que nascesse cabelo! Tenha pena deles, Oberon.

– Se você não se compadece, Titânia...

– Veja, o curral fica vazio no campo úmido e os corvos devoram o gado desaparecido. Não há mais festas de inverno, nem de noite a cantoria ao redor do fogo. A lua fria, com raiva, lava todo ar e as doenças respiratórias disseminam-se, Oberon.

– Você sabe bem qual é a solução do conflito.

– Na ausência da paz, as estações se alteram, a coroa gelada do inverno governa indistintamente e o mundo já está esquecido das outras estações. De nosso embate, de nossa discórdia, somos a causa deste mal que aflige!

– Titânia, repito, tudo isso tem fácil solução, pare de me aborrecer e entregue imediatamente o menino para que seja meu pajem! – propôs diretamente dessa vez Oberon.

– Contenha-se, seu reino jamais terá o menino! Sua mãe era devota minha em terras da Índia. Fomos grandes amigas, quantas tardes mornas passamos nas areias da praia nos divertindo juntas em união, cumplicidade, afeto. Nossa amizade tanto fez por mim, mas a mortal faleceu no parto. É por ela que cuido do menino e lhe dou educação; por ela não me separarei dele, meu afilhado, meu protegido!

– Quanto tempo permanecerá aqui? – quis saber Oberon.

– Até o casamento de Teseu. Se for de sua vontade, junte-se a mim, sem mais discussões, venha dançar e participar de nossas festas. Mas se insistir nesse assunto, suma da minha visão! Também evitarei passar onde estiver. Espero não ser mais incomodada.

Ainda assim o Rei não desistiu e mais uma vez rogou:

– Dê-me o menino e tudo ficará em paz, insisto e apelo!

– Não. Nem por todo o seu reino! Fadas, vamos para evitar uma briga maior! É inútil dialogar com um asno!

Furioso com a negativa, Oberon jurou vingança.

– Vá embora, mas não sairá deste bosque sem ser aborrecida por esta causa! Eu não desistirei!

Titânia não pareceu temer e saiu acompanhada de seu cortejo de fadas e elfos. Enquanto os observa saindo, Oberon chama por Puck, que era seu fiel servo. Deu a ele instruções e contou uma história.

– Puck, lembra-se daquela outra noite estrelada que passamos em terras distantes em meio a uma floresta?

– Certamente, senhor!

Naquela noite, Oberon e Puck testemunharam a vez que um cupido, com sua flecha incendiada, acertara, sem querer, uma alva flor, que depois disso cobriu-se de vermelho e passou a ter o nome de amor-perfeito.

Essa flor, atingida e transformada sem querer pelo cupido, passou a ter especial condão. Relembrando ao duende onde encontrar a planta, o Rei mandou que a colhesse, pois seu caldo, quando gotejado em olhos adormecidos, causava paixão pela primeira criatura vista, assim que despertos.

– Traga-me agora essa erva e retorne ligeiro, Puck!

– Laço um cinto em redor da Terra em quarenta minutos!

Os planos de Oberon eram, tão logo obtivesse o sumo e Titânia estivesse em sono profundo, gotejá-lo em seus olhos. Pronto! Aquilo que ela olhasse quando acordasse: leão, urso, lobo ou touro... Um macaco levado ou um sagui! Ela seguiria com todo amor apaixonada, para diversão do Rei, até que por sua vontade o encanto fosse quebrado, usando os poderes de outra erva.

Oberon imaginava que assim, para se ver livre do encanto, Titânia haveria de ceder o menino para ser seu ajudante na floresta. Naquela noite, mais gente estava chegando ao bosque, e o Rei percebeu quando entraram na floresta. Usando de seus poderes mágicos, fez-se invisível e pôs-se a espiar.

CAPÍTULO 4

Vinha pelo bosque um jovem casal, brigando. No início, Oberon achou que fossem namorados, afinal era comum namorados virem para passeios noturnos no bosque, admirar a lua, as estrelas. Contudo, brigavam tanto e a moça era tão rejeitada que deixou o Rei compadecido. Tratava-se de Demétrio e Helena.

– Não a amo, Helena! Pare de me perseguir!

– Por onde quer que vá, eu irei também, Demétrio! É inútil tentar me impedir – insistia a moça.

– Onde está Lisandro e a bela Hérmia, como denunciou?

– Como saberei? O bosque é grande!

– Acabarei com ele, como ela acabou comigo!

– Por favor, não se exalte tanto!

– Disse que estariam aqui, e cá estou como louco neste bosque e não os vejo.

– Está escuro, vamos procurá-los com calma.

– Mais uma vez peço, não me siga, Helena!

– Como o ímã atrai o ferro, você atrai meu coração. Nada posso, é uma força que vem de você, Demétrio.

– Não tenho culpa, sempre fui sincero dizendo que não a amo agora nem nunca, jamais amarei.

– Sou como o cãozinho que, mesmo maltratado pelo dono, ainda lhe é fiel. O meu coração é seu. É o coração de um cão. Ainda que me maltrate, eu lhe tenho apego. Vou segui-lo, mesmo que não mereça minha imensa fidelidade.

Por mais que Demétrio rejeitasse, ela não se afastava, então passou a intimidá-la com ameaças, como também tentou despertar nela o medo, lembrando que estavam numa floresta, no escuro da noite, com toda sorte de animais soltos.

– Helena, não me faça odiar você! Fico doente só de vê-la e minha raiva só aumenta a cada minuto.

– Já eu fico doente se não o vejo.

– Eu, quando a vejo!

– Por favor!

– Você não enxerga o perigo de entregar sua vida nas mãos de uma pessoa que não lhe tem amor? Não vê o perigo? Deixamos a cidade, e você me seguiu até um lugar deserto.

– Sei que é um homem de bem e não vejo perigo em seu rosto, meu amor. Ao contrário, me sinto segura e protegida, não me sinto sozinha! – respondeu Helena, que não perdia uma oportunidade para se declarar ao amado.

– Vou me esconder entre as folhagens e deixá-la à mercê das feras!

– Há feras aqui?!

– Sim! Não percebe o perigo? Deixe-me sozinho e volte! Se me seguir, não duvide que o bosque é um lugar perigoso e que algum mal pode acontecer a você! – tentou mais uma vez dissuadi-la.

– Mais mal que você, Demétrio, esse bosque não poderá me fazer!

– Ora, essa é boa! Eu lhe faço mal?

– Sim, no templo, na cidade, no campo, em todos os lugares você me faz muito mal! Creia, seu engano me humilha e me enche de vergonha – Helena, revoltou-se contra o desprezo que até então suportava.

– Que culpa tenho eu? – defendeu-se Demétrio, que não se achava responsável pelo que sentia Helena.

– Demétrio, não só os homens decidem a quem amar! Vá e me deixe então! Se eu morrer, será pelas mãos do amor e isso será uma honra e uma glória para mim, apesar da sua indiferença.

Oberon, invisível, observava a discussão de Helena e Demétrio. Sentiu pena ao ver um casal tão bonito em atrito.

– Os desencontros do amor... – suspirou ele.

Mais compadecido ficou por Helena, sofrendo tanto por um amor não correspondido. O Rei engendrou uma ideia que muito lhe agradou para reverter aquela situação triste, pois gostava muito de ver pessoas felizes, casais plenos de amor. Ia precisar da ajuda do duende para executar o plano. Mal pensara e já estava ele de volta de sua última tarefa.

Puck chegou com as flores colhidas, Oberon sorriu de satisfação ao ver o ramalhete encarnado. Tomando as flores nas mãos, apertou-as até que delas extraiu o caldo para revelar o que faria em seguida:

– Onde o ar tem perfume e as trepadeiras pendem das copas das árvores em cascatas de flores, bem ali sob esse dossel verde e florido, numa cama de musgo, Titânia costuma tirar seu cochilo noturno.

– Esse é o jardim onde descansa Titânia, entre violetas, azaleias e rosas, com fadinhas dançando ao redor – completou Puck.

– Isso! Então, nas horas do cochilo, colocarei o caldo do amor-perfeito nos olhos da Rainha! Mas não usarei tudo, duende.

O Rei repartiu pouco da poção, entregando-a para Puck.

– Preste atenção em uma nova tarefa!

– Sim, senhor!

– Você deve encontrar uma linda jovem ateniense que persegue um rapaz que a despreza. Eles perambulam no bosque discutindo.

– Farei exatamente como pede!

– É bom que não erre! Será fácil reconhecê-los, estão usando roupas de Atenas! Assim que os achar, quando o jovem dormir, pingue o caldo em seus olhos. Minhas instruções foram claras o suficiente, me diga se resta alguma dúvida, meu fiel servo?

– Senhor, tudo entendido até aqui! Mas, creio, ainda há mais o que fazer neste caso...

– Sim, Puck! Para que tudo saia completo, providencie para que, assim que abra os olhos, o rapaz veja a moça de quem foge! – ordenou Oberon.

CAPÍTULO 5

O Rei e o duende se separam, cada qual com seu intento. Oberon estava contente, pois sentia que estava mais perto de conseguir seu pajem e ainda fazer a boa ação de ajudar um jovem casal a encontrar o caminho da conciliação e do amor.

– Esse jovem Demétrio terá de me agradecer por toda eternidade. Ficar enamorado de quem já o ama! – ia pensando o Rei, sobre o que considerava ser um presente ou boa ação.

Usando da invisibilidade, Oberon percorreu os caminhos noturnos sorrateiramente, alcançando o recanto onde Titânia gostava de se refugiar com sua corte de fadinhas.

Era sempre uma alegre festa, a Rainha e as fadinhas dançaram e cantaram até se cansarem. Já estava na hora do descanso, e, como sempre fazia todas as noites, primeiro distribuiu as tarefas:

– Matem os vermes dos botões de rosa, retirem as asas dos morcegos e façam casacos para os elfos.

– Sim, senhora! – responderam as fadinhas, obedientes.

Depois pediu silêncio e acalanto para o habitual cochilo noturno.
— Afastem o pio da coruja. Cantem para que eu durma, preciso enfim repousar!
— Sim, senhora!
As fadinhas assim fizeram, botaram fora as serpentes com línguas de lixa, ouriços e outros bichos despertos. Impediram as lacraias e lagartixas de fazerem mal, não deixaram nenhum bicho chegar perto. O rouxinol cantou mais um acalanto, que se juntou à canção que as fadinhas entoavam para o repouso de sua Rainha.

— Filomel, o rouxinol, cantou,
Com nossa canção acalentou,
Nana, nana, nanou
nana, nana, nanou
Nem o espanto ou o encanto
perturbem nossa amada senhora
Durma bem com esta canção agora.

As fadinhas iam nanando sua amada Rainha em dedicado trabalho de espantar aranhas, besouros negros, caracóis e outros animais capazes de tirar a paz da soberana.
— Boa noite! — desejou a Rainha entre bocejos.

— Filomel, o rouxinol, cantou,
Com nossa canção acalentou,
Nana, nana, nanou
nana, nana, nanou
Nem o espanto ou o encanto
perturbem nossa amada senhora
Durma bem com esta canção agora.

As fadinhas iam adormecendo sua amada senhora. Embalada pelas fadinhas, Titânia dormiu tranquila e profundamente. Aproveitando-se desse momento de sono, Oberon, invisível, derramou em seus olhos o caldo do amor-perfeito, rogando:

– Ao despertar, o que ver primeiro será seu único amor subitamente, e terá a necessidade implacável de dizer a ele o que sente! Ainda que seja um urso ou um gato, um leopardo ou porco selvagem. Seus olhos amarão o que ver primeiro, Titânia! Está dito e feito.

Depois de feito, Oberon desapareceu no ar, deixando a Rainha adormecida à mercê daquele encanto. Entrementes, ali bem próximo de onde estava cochilando a Rainha das Fadas, vinha caminhando por entre as árvores Lisandro e Hérmia. Estavam no bosque, como combinaram, para pôr em prática seu o plano de fuga: se afastar de Atenas e suas duras leis que impediam o seu amor. Já andavam havia horas, Hérmia parecia abatida de tanto marchar sem chegar a nenhum canto:

– Meu amor, você está muito cansada? Começo a achar que esqueci o caminho.

– Estou cansada de andar e não chegar em nenhum lugar. Qual é o caminho para a casa da sua tia?

– Pode ser que eu esteja perdido.

– O que faremos agora, Lisandro?

– Vamos manter a calma, Hérmia. É melhor parar para dormir e descansar um bocado! Assim teremos mais discernimento para encontrar o caminho.

– Vou recostar nesse gramado que, de tão macio, até parece uma cama bem grande e fofinha – disse Hérmia.

– É melhor que seja assim, a fofa grama deixo para ti. Durma tranquila meu amor, e descanse! Enquanto eu recosto do outro lado, em meio às raízes sobre a terra, a lembrar mesmo uma cama

– disse Lisandro, para o maior conforto da amada, indo cada um deitar-se de um lado oposto.

Exaustos, logo lhes chegou o sono, e cada qual adormeceu em seu canto do bosque. De tão cansados e desatentos, nem mesmo notaram que a beleza daquele espaço se devia ao fato de que ali, bem onde estavam, era justamente onde gostava de se deitar em descanso Titânia, a Rainha das Fadas. Nem mesmo Puck reconheceu de imediato o lugar, tão interessado estava em cumprir mais uma missão dada pelo Rei. Chegando bem devagar, tomando os dois pelo alvo da incumbência que lhe fora dada, disse, estalando os dedos de contentamento:

– Passei o bosque em revista e finalmente encontrei o casal em briga, para em seus olhos gotejar caldo do amor! Com certeza que são esses, metidos em trajes de Atenas. Pobre da moça em sono profundo! Sofrendo deprimida, abandonada ao relento com o rapaz do outro lado, escondido em meio às raízes! Covarde! – indignou-se o duende. – Não se aflija, moça, nos olhos desse idiota o caldo derramo! Quando ele acordar e colocar os olhos em você estará perdido! – disse Puck, rindo e tremendo de satisfação em fazer aquilo.

– Em seus olhos entorno
O caldo de encanto
Da flor do amor
O sono sinta
Mas desperte
Quando eu for

Apesar de Puck gostar muito de um malfeito, desta feita não teve culpa de pingar caldo do amor em olhos errados; afinal, Lisandro também estava vestido como um ateniense, assim como Demétrio, descrito por Oberon. Pronto, que confusão!

O duende, cumprindo sua incumbência, desapareceu no ar como bem fazem, para, em seguida, por uma terrível coincidência chegarem ali, naquele local, Demétrio e Helena. Os dois estavam do mesmo modo, Demétrio fugindo e Helena o seguindo, não importava para onde.

– Ordeno que pare de me seguir!

– Imploro que não me deixe, Demétrio! Imploro!

Na tentativa de mais uma vez se livrar da moça, Demétrio correu para sumir entre as árvores, mas foi seguido de perto por Helena, que acabou por tropeçar em algo. Ao olhar com atenção para o chão, viu Lisandro deitado entre as raízes. Imaginando que algum mal lhe acontecera, correu para acudir-lhe, tocando e chamando:

– Lisandro! Lisandro!

Não houve uma resposta imediata do jovem, ainda sob efeito do encanto do duende.

– Desperte, sou eu, Helena! Acorde, se é que está vivo! – insistiu ela, tocando sua face.

O caldo de amor-perfeito fez valer seu condão e Lisandro, ao despertar, vendo Helena diante de si, disse:

– Helena... – balbuciou ele.

– Sou eu, Lisandro. Você está bem?

– Helena! Que enorme alegria sinto agora, estando junto de você! Não consigo nem mesmo explicar!

– Me parece que você está bem e...

– Por você eu andaria até sobre as brasas da fogueira das cerimônias de maio! Que linda é a visão do seu rosto.

– Não era Hérmia a mais bela de Atenas? – perguntou ironicamente Helena ao novo admirador.

– Como Demétrio pode desprezar tão rara beleza?
– Pergunte a ele! E me ajude a encontrá-lo!
– Eu, com a minha espada, poderei resolver a questão! – proclama Lisandro com a voz alterada.
– Não, Lisandro, jamais faça isso por ciúmes de Hérmia! Se ela ama você, para que pegar em uma espada contra Demétrio? – responde Helena, completamente confusa.
– Como assim, Helena? Não entende quem é Hérmia perto de você?
– Quem é ela então, se não a mulher que você ama, Lisandro?
– Apenas um estorvo! Amo você, Helena!
– Você é um zombador!
– Quem trocaria uma pomba por um corvo?
– No caso em questão, seria eu a pomba ou o corvo?
– Saiba, recobrei o tino, amor da minha vida, Helena – declarou-se mais uma vez Lisandro, dominado pelo caldo do amor.

Helena mal pôde acreditar no que ouvia! Ela, que foi testemunha da paixão entre Lisandro e Hérmia, amiga e cúmplice daquele casal, não podia crer que da noite para o dia o amor entre os dois acabara e, ainda mais, que Lisandro estava apaixonado por ela. Era muito mais fácil ela imaginar que o amigo estava a lhe pregar uma peça, fazendo algum tipo de piada de mau gosto, brincando com seus sentimentos. Isso a deixava muito magoada.

– Acaso nasci para ser insultada? Já não basta de Demétrio o desprezo, agora vem Lisandro, o debochado! Dentro do seu peito falta um coração! – Disse Helena com raiva.

A jovem, confusa, fugiu chorando, sem mesmo notar que a poucos passos Hérmia ainda dormia sobre a grama verde. Lisandro, apaixonado, não teve outra opção se não seguir em busca de Helena, pois sem ela já não mais podia viver.

Sem saber de nada e deixada sozinha, Hérmia acordou pedindo socorro no meio de um pesadelo:

– Acuda, meu Lisandro, socorro! Afasta a serpente, senão morro! Mas que pesadelo horroroso! – lamentava a moça, procurando consolo nos braços de Lisandro sem o encontrar por perto, nem ao alcance das mãos ou dos olhos. Onde estava, havia desaparecido. Achou estranho e começou a chamar por ele:

– Lisandro, onde está?

Não teve retorno, o que aumentou sua angústia e preocupação.

– Responda, se puder me ouvir! Não sei como sair deste bosque sozinha! Lisandro!

Preocupada, a jovem saiu andando sem direção pela mata em busca de seu amado Lisandro.

CAPÍTULO 6

A noite estava realmente movimentada no bosque! Não muito longe de onde estiveram Hérmia, Lisandro e Helena, encontrava-se reunida a Companhia Teatral.

Como havia solicitado Madeira, naquela noite seria o ensaio secreto. Todos os atores deveriam comparecer ali com seus textos decorados e, para além disso, combinar os detalhes da apresentação, a fim de evitar qualquer problema ou embaraço durante os festejos do casamento do Duque, o que também significava evitar a morte e prisão de um ou todos eles.

Ali pareceu um lugar discreto, tranquilo, propício para aquela reunião.

– Já estamos todos aqui? – quis saber Fundilhos, ansioso em começar com os trabalhos.

– Estamos, a companhia teatral completa! – respondeu Madeira.

– Comecemos, então. Este local me parece adequado, apesar de sombrio – palpitou Fundilhos.

– Não é sombrio! Veja que maravilhoso e propício lugar para o ensaio! O gramado faremos de palco, as árvores de camarim, imaginando bem como será diante do Duque! – disse o diretor, explicando como estava imaginando fazer o ensaio.

– Joca Madeira, antes de mais nada, gostaria de fazer algumas observações importantes.

– Fala de uma vez, Fundilhos!

– Temo que algumas coisas da peça podem não agradar. Vejam, Píramo terá que se matar com a espada, e isso assustará o público, não acham? – perguntou ele, com uma expressão bastante preocupada.

– Um baita susto, com certeza! – emendou Bico, compartilhando da mesma preocupação.

– É melhor tirar todo o sangue! – recomendou Faminto, temendo desagradar o público com a morte pela espada.

– Não precisa mudar nada na peça! – respondeu Fundilhos supreendentemente.

Todos ficaram em silêncio olhando para Fundilhos, esperando obviamente a solução para o problema que ele mesmo apontou.

– Tive a sagaz ideia de alguém escrever um prólogo para dizer que não faremos mal com nossas espadas de verdade. Certamente espantará o medo de todos – completou Fundilhos fazendo pose e cara de muito inteligente.

– Farei tal prólogo – Madeira acatou a sugestão, ao mesmo tempo em que se voluntariou para escrevê-lo.

Contudo, a questão levantada por Fundilhos encheu de dúvidas os demais atores sobre outros personagens:

– Mas e o leão? Também não causa medo? – quis saber Bico.

– Eu temerei! – respondeu Faminto.

Fundilhos, como de costume, tinha uma opinião prontinha para dar.

– Amigos, Deus nos proteja! Um leão é uma coisa das mais perigosas e não há nada mais aterrorizante e selvagem que um leão vivo. Temos que pensar nisso com a maior cautela – asseverou olhando para o diretor.

– Precisamos de outro prólogo esclarecendo que ele não é um leão – sugeriu Bico.

– Não, isso não é suficiente! Melhor que use apenas meia máscara, deixando o resto da cara limpa, e ainda avise ao entrar no palco: "não sou um leão, sou homem!" – completou Fundilhos.

– Façamos isso! – concordou Madeira.

Todos ficaram satisfeitos com aquelas soluções, contudo ainda restavam problemas precisando de respostas.

– Mas há duas outras coisas difíceis de solucionar – disse o diretor.

– Quais são? Diga, eu ajudarei – falou Fundilhos.

– Píramo e Tisbe encontram-se ao luar. Como trazer a lua ao aposento? – quis saber Madeira.

– Eu sei! Basta que Faminto segure a lanterna sobre a cabeça como se fosse a lua! – gritou Fundilhos, entusiasmado com própria ideia, achando-a genial.

– Boa solução, certamente... – concordou Madeira.

– Não disse, tenho ótimas ideias!

– Há outra coisa...

– Diga, eu ajudarei!

– Teremos que ter um muro no salão. Píramo e Tisbe, diz a história, falavam através de uma fenda no muro – Madeira trouxe a segunda dificuldade, que parecia impossível transpor.

Uma companhia de homens simples, artesãos, não dispunha de recursos para construir um muro cenográfico, mal tinham dinheiro para os figurinos. Mas a criatividade não encontrava limites, mesmo os orçamentários.

– Também é fácil se resolver! – respondeu Fundilhos tomado por grande entusiasmo. – Algum homem tem que representar o Muro! E para representar o buraco basta abrir os dedos da mão e falar por entre eles! – conclui, achando essa ideia ainda mais incrível que a anterior.

– Penso que ficará ótimo assim! – Madeira aceitou mais essa ideia de Fundilhos.

Resolvidas aquelas questões, passaram ao ensaio propriamente dito, com o bosque funcionando como se fosse o teatro, como bem orientava o diretor.

– Vamos repassar todos os textos! Aquele que terminar sua fala entra naquele arbusto, à guisa de coxia.

Justo no arbusto indicado para servir de camarim improvisado, dormia Titânia, mas ninguém percebeu, tão preocupados estavam em dizer o texto corretamente.

Retornava até o local o duende Puck, sempre de olho na Rainha das Fadas, espionando, a mando de seu senhor o Rei, que desejava acompanhar o desfecho do encanto provocado pelo caldo de amor-perfeito.

O duende ficou surpreso com toda aquela gente em um local quase sempre tranquilo. Invisível, passou despercebido pelos atores e, achando interessante o movimento, decidiu ficar para ver o que era e até mesmo assistiu parte do ensaio.

– Fale, Píramo! Tisbe, fique em frente! – Joca Madeira dirigia os atores.

Fundilhos pigarreou, limpando a garganta, e começou o ensaio.

– Tisbe, que doces dores têm as flores! – disse ele, forçando um vozeirão que não tinha.

– Odores! As flores emanam odores! "Doces odores", Fundilhos! – corrigiu o diretor Madeira, um pouco irritado com o texto mal decorado.

– ... Doces odores têm as flores – continuou Fundilhos, mantendo a pose de homem galante. – É o mesmo perfume que emana de ti, Tisbe querida. Atenção, uma voz! Fique aqui e não se afaste, amor, verei o que é, ou quem se aproxima de nós! Logo retorno! – encenou Fundilhos e retirou-se do que era o palco, indo esconder-se atrás de algumas árvores à espera da sua vez de retornar.

Fundilhos recitava tudo com um vozeirão demasiado grave, fazendo caras e bocas, para deixar claro ao público os sentimentos de cada cena. Algumas expressões em horas bem erradas, embaralhando os sentimentos, o que deixava tudo bem estranho. Puck ria, pensando que jamais vira um Píramo tão incomum.

– Tenho que falar agora? – quis saber Flauta, que estava em dúvida sobre o exato momento de estrear no palco improvisado.

– Sim, tem, tonto!

– Quando exatamente, Madeira?

– Atenção, sua deixa para que entre é quando ele sai para verificar a voz! – explicou o impaciente diretor. – Agora, diga sua parte!

– Meu belo Píramo, tem a beleza da rosa vermelha brilhando ao sol, adorável, um colírio aos olhos, assim como é a estrela da manhã. Fiel como o mais fiel dos cavalos, jamais se viu. Tu és meu belo cavalinho selvagem, meu amorzinho. Por isso, digo irei sim, e o encontrarei na tumba do Nunes! – encenou Flauta, fazendo uma vozinha bem fininha de Tisbe.

Puck estava em dúvida sobre qual deles era pior para representar. Se um fazia caretas, o outro, por sua vez, tinha a cara limpa, lisa e dizia o texto sem nenhuma expressão. Mas, sem dúvida, os dois muito mal haviam decorado o texto, gaguejando e errando o tempo todo, para desgosto de Madeira:

– Na tumba de Nino, homem! Nino! – disse o diretor. – Não diga isso ainda. Você está confundindo os trechos, dizendo toda sua parte de uma só vez! Pare no trecho do cavalo para que Píramo retorne. Você acabou dizendo coisas que virão apenas no final da peça! – esbravejou.

Puck ria da pobre Tisbe atrapalhada da peça, que deveria contar um grande drama: a história de um casal apaixonado proibido de se ver.

– Rá! Até são engraçados, transformando uma coisa noutra.

O duende gostou dos atores! Estava divertido! Para aumentar mais ainda essa alegria, decidiu aprontar das suas, usando de seus encantos:

– Vou pregar uma verdadeira peça nessa trupe de palhaços! Eles não perdem por esperar! – prometeu o duende.

Faiscando os olhos, foi até as árvores onde estava Fundilhos, distraído, observando as mariposas da noite, aguardando sua vez de retornar ao palco. Sem se deixar perceber, o duende chegou ao seu lado e, com um único e sutil gesto, lançou um extraordinário encanto, despercebido pela vítima.

– Ó! – fez Flauta como Tisbe, e continuou: – Fiel como os cavalos são! – dando a deixa para o retorno de Fundilhos, que voltou das árvores com o rosto transformado em um cabeção de asno, por obra de Puck. Sem perceber sua transformação, Fundilhos continuou com o texto da peça.

– Se eu fosse belo, Tisbe, seria seu! – disse o ator, que, mesmo com a cabeça de asno, continuava a fazer bocas e biquinhos.

Os amigos levaram um grande susto diante da transformação de Fundilhos! Só fizeram gritar de terror e pedir ajuda:

– Monstro!

– Assombração!

– Socorro!

– Rezem! – cada um levou susto maior que o outro.

– Fujam! – instruiu, assustado, Madeira, e ele mesmo passou sebo nas canelas.

– Estamos enfeitiçados, acudam!

Invisível, Puck ria de rolar no chão, tamanha a confusão e pavor que causou. Com a vantagem de que pusera fim ao sofrível ensaio.

Ainda não estava completamente satisfeito e pretendia assombrar os atores a noite todinha! Colocou-os a correr em desespero, por cima de pântanos e atoleiros, moitas de carrapichos, espinheiros, enroscados em cipós. Ora transformados em cavalos, ora em porcos ou ursos, qualquer coisa que tornasse divertida a noite de um duende zombeteiro, como era Puck.

Fundilhos, largado sozinho, não entendia o motivo do pavor.

– Amigos, por que fugiram?

Não obteve resposta, todos estavam sumidos no escuro do bosque.

– Trata-se de alguma brincadeira? Eu não vejo graça.

– Fundilhos, sua cabeça! – alertou Flauta, que passou correndo por ele com medo.

– Suas orelhas, está horroroso! – exclamou Bico, que retornava das árvores para onde fugira, em busca de outra saída.

– Não vê a sua própria cabeça de asno, por acaso? – devolveu Fundilhos, injuriado.

– Benza-se, Fundilhos, benza-se! Algum feitiço caiu sobre você! – gritou Madeira de algum lugar ao longe.

– Percebo o plano de vocês! Mas sou inteligente! Querem me fazer de asno, assustar-me, daqui não saio, e cantarei para mostrar que não tenho medo de nada:

> *Pássaro negro, tão escuro,*
> *Lhe adorna o bico alaranjado,*
> *O tordo está muito triste*
> *O pardal segue obstinado.*

O desafinado cantar do burro fez Titânia despertar de seu cochilo, ela que ali bem pertinho repousava em sua cama de musgo. Espreguiçou, esticando-se e bocejando entre flores, enquanto ouvia a música esquisita:

> *O tentilhão, a cotovia*
> *E o canto do cuco repetido,*
> *Ao ouvir tal melodia*
> *Jamais diriam: linda!*

A estranha figura de Fundilhos foi a primeira coisa sobre a qual caíram os olhos da Rainha, atraída que foi pelo som de sua voz, assim que despertou. O caldo de amor-perfeito outra vez demostrou seu condão, e Titânia ficou irremediavelmente tomada de amores pelo homem com cabeça de asno!

Como planejado, uma vez que vigiam os poderes do caldo derramado em seus olhos por Oberon, a Rainha ficou perdidamente apaixonada por aquela criatura, que, além de horrorosa, cantava muito mal. Mas Titânia, enfeitiçada de amor, não percebia defeitos e declarou-se no mesmo instante:

– Quem é esse anjo que me acordou com seu belo cantar? Cante mais! Estou apaixonada por sua voz, e meus olhos se iluminam ao ver sua imagem.

– Perdão, bela Senhora, é a mim a quem se dirige? – Fundilhos estranhou tanto amor.

– Não tenho como resistir e preciso declarar imediatamente: amo você! – declarou ela, alto e bom som.

Fundilhos não podia mesmo acreditar que aquilo estava acontecendo e outra vez duvidou:

– Senhora, me perdoe discordar. Mas, me parece, a dama tem pouco tino, se bem que razão e amor têm pouco em comum...

– E, além de belo, é sagaz!

– Gosto de fazer sempre esse tipo de comentário inteligente – gabou-se Fundilhos.

– Nota-se, é tão sábio quanto belo! – disse Titânia, colocando os braços ao redor de seu pescoço.

– Se eu for esperto o suficiente para sair deste bosque, já estará bom – respondeu ele, um bocadinho temeroso.

– Daqui jamais sairá! Ficará aqui, deseje ou não. Eu sou um grande espírito! O verão me pertence, eu te amo e agora você é meu. Permanecerá aqui em segredo. Terá fadas para servi-lo, para trazer-lhe joias antigas. Cantarão para que você durma em sua cama de flores! Drenarei sua matéria até que tornes imortal espírito, e terá poderes!

Fundilhos, que tinha uma vida dura, até que não achou mal a proposta, embora soasse compulsória demais. Titânia ordenou que suas ajudantes mais fiéis se apresentassem.

– Flor de Ervilha, Teia de Aranha, Mariposa, Semente de Mostarda! – chamou-as pelos nomes e instantaneamente surgiram as criaturinhas mágicas, esvoaçando seus vestidos pelo ar.

Eram muito dispostas e solícitas. Fizeram uma mesura e perguntaram.

– Salve nossa amada Rainha, às ordens! Aonde devemos ir?

– Este senhor, tratem-no com carinho e cortesia. Abram-lhe caminho, façam folia, pulando, dançando! Deem-lhe amoras, cerejas, uvas, figos, iguarias! Do favo da colmeia, retirem a cera para fazer velas que iluminem, e tragam também vaga-lumes, que nunca falte luz no bosque sombrio. Tragam-no sempre iluminado! Nas horas do sono, para que o luar não atrapalhe meu amor, das asas de borboletas façam cortinas. Prestem-lhe, fadas, as mais altas honrarias!

– Salve! Salve! – as fadas fizeram uma mesura diante de Fundilhos.

Esse ficou tão surpreso com tantas honras e desvelo, e se esforçou em tratar as fadinhas com a mesma educação.

– Muito prazer em conhecer vossas excelências! Desculpe, qual é mesmo seu nome?

– Teia de Aranha.

– Prazer em conhecê-la! Senhora Teia de Aranha, se eu cortar o dedo, poderei fazer um curativo – disse Fundilhos, pois, em sua terra natal, teia de aranha era usada como remédio caseiro para cortes. – E a senhora, como se chama?

– Me chamo Flor de Ervilha.

Fundilhos, tentando ser simpático, falou:

– Sou grande admirador da Senhora Vagem, sua mãe, e do Senhor Ervilha, seu pai. Dona Flor de Ervilha, obrigado! Seu nome, por favor, senhora?

– Semente de Mostarda.

– Senhora, poderia ser um grande amigo seu... – Fundilhos calou-se, foi interrompido por um gesto da Rainha.

Titânia, impaciente e temendo que outras se apaixonassem por ele, quem sabe as estrelas, ou até lua... A Rainha também já sentia ciúme de seu burro!

Por isso, mandou que as fadas cuidassem de Fundilhos, levando-o até algum lugar escondido, secreto e seguro. Era preciso silêncio e discrição:

– Fechem sua boca e tragam-no mudo! Ninguém mais deverá perceber a presença de vocês no bosque!

CAPÍTULO 7

Oberon estava ansioso para saber como andava sua vingança e por quem, bicho ou estranha criatura, Titânia se apaixonara ao despertar. Quando viu Puck se aproximando, logo cobrou pela tarefa dada:

– Finalmente apareceu! Cumpriu minhas ordens?

O duende, às gargalhadas, respondeu:

– A Rainha enamorou-se de um monstro!

Começou a relatar ao Rei toda a história desde seu início. Que junto ao lugar de descanso da Grande Fada, quando ela estava tirando seu habitual cochilo, em mais profundo sono, uma trupe de maus atores surgiu inesperadamente para ensaiar uma peça na penumbra.

Explicou ainda que a intenção deles era apresentar o espetáculo ao Duque no dia de suas núpcias, sob o título de "A mais lamentável comédia e a morte mais terrível de Píramo e Tisbe".

– O ator que representava Píramo, retornando do camarim, teve as feições viradas num carão bem grande asno! Rá, rá, rá! – foi contando ao mestre, entre risos, e o duende se divertia, gabando-se da peripécia, e juntou ainda que os amigos, ao verem o outro transformado, fugiram desesperados, pedindo socorro e gritando de medo.

– O ator mais burro ficou sozinho! E sem entender o motivo da debandada geral, pois não percebera a transformação – continuou contando o arteiro Puck. – E nesse justo instante, Titânia acordou e contemplou a sua face de asno e as enormes orelhas de burro bem peludas, apaixonando-se perdidamente... – contou, explodindo em gargalhadas de satisfação.

Tão ou mais satisfeito que Puck estava Oberon.

– Saiu melhor que a encomenda! Titânia nem sequer percebeu que está sob a influência de um encanto!

– Não, senhor, está cega, perdidamente apaixonada... Imagine, a Rainha enamorou-se de um burro!

Ainda que estivesse feliz, o Rei quis saber como ia a outra parte do plano:

– E o ateniense, como andou? Pingou em seus olhos o sumo como mandei, duende?

– Sim, senhor! Encontrei o moço cochilando entre raízes e fiz como mandou, tomando todo cuidado! Ao despertar, seria inevitável ver a moça dormindo ao seu lado no gramado.

Para contradizer Puck, justamente na mesma hora passam por eles Hérmia e Demétrio, discutindo. Oberon, reconhecendo o jovem, pede silêncio, a fim de ver se o seu plano havia sido levado a cabo.

Puck, notando algo de errado, logo avisou, tentando evitar uma bronca do chefe:

– A moça é a mesma, o rapaz não sei quem é...

– Fique invisível! – mandou o Rei.

Sem que fossem vistos por olhos mortais, o Rei e o duende observavam a fim de entender que confusão era aquela, afinal. O casal discutia.

– Por que rejeita quem lhe dedica tanto amor? Uma mulher tão bela e tão amarga! – Demétrio lamentava.

– Demétrio, onde está Lisandro? Se o matou enquanto dormia, mate-me também! – Hérmia exigia, inconformada com o repentino e estranho desaparecimento do namorado que era tão fiel quanto o sol é ao dia.

– Se há algum algoz aqui, não sou eu, Hérmia. Não percebe? – defendeu-se Demétrio.

– Quem seria?

– Você, sim, é a bela assassina, matou meu sentimento e meu amor! Você reluz em suas vestes limpas, e eu roto, esfarrapado, peço clemência e um pouco de amor aos seus pés! – outra vez Demétrio declara seu amor.

Hérmia quer saber apenas do paradeiro de Lisandro:

– Então onde está Lisandro? Demétrio, diga a verdade: você o prendeu? Devolva-o!

– Se eu pudesse, não faria!

– Assassino!

– Não sei do que estou sendo acusado.

– É verdade? Então o matou? Diga!

– Desesperada de paixão, você me acusa sem provas, Hérmia. Não está morto, apenas digo!

– Jure que está vivo e eu paro de acusar você, se é que a injustiça incomoda o injusto!

Tomada de ódio, Hérmia desapareceu entre as árvores. Exausto, Demétrio sentou-se e resolveu deixá-la seguir, pois era inútil tentar provar sua inocência naquele momento dizendo que Lisandro estava vivo.

Cansado e deprimido pelo desprezo da mulher que amava, o jovem acabou dormindo recostado num tronco caído. Oberon não gostou nada do resultado daquela ação atrapalhada e voltou-se ao duende, zangado:

– O que você fez, Puck?

– Havia um outro rapaz com essa jovem e... – foi gaguejando, enquanto se justificava.

– Entornou o caldo na pessoa errada! – zangou o rei, acostumado a lidar com as gracinhas do servo.

– Desta feita Puck é inocente!

– Um amor de verdade não pode ser desfeito. Veja, ela está desesperada por seu Lisandro!

– Perdoe, Senhor, agi por engano!

– Explique que engano foi esse!

– Ora, se o Rei disse para despejar o caldo no jovem com roupas de Atenas... Repare, senhor, ambos estão vestidos assim e vêm de lá. Como Puck ia saber? Se aconteceu, foi porque o destino assim quis! – defendeu-se o duende, que dessa vez não havia feito a trapalhada de propósito.

Era uma responsabilidade grande! Oberon mandou que fosse tão ligeiro quanto o vento buscar Helena de Atenas, sem cometer mais nenhum engano! O caldo de amor-perfeito, ele mesmo aplicaria no rapaz, aproveitando-se do cansaço e do sono. Puck disparou tão ligeiro como uma flecha, enquanto o Rei dos duendes despejava o encanto do amor em seus olhos.

Mais ligeiro que foi, Puck voltou:

– Grande Rei das Fadas, encontrei a bela Helena e junto dela o jovem que encantei por engano, implorando por amor de um jeito tão engraçado! Os mortais são sempre tão abobalhados! Por que não vemos como isso termina, senhor? – sugeriu o duende, que se divertia muito com os humanos. Puck adorou a ideia de ver dois moços encantados pela mesma jovem, declarando e disputando o seu amor, era muito divertido para um duende!

– Não faça tanto barulho, não queremos acordar Demétrio antes da hora. Deixo-os vir e veremos o que acontece então – assentiu o Rei, também curioso em saber como Helena iria se comportar, sendo agora disputada depois de tanto tempo recebendo só desprezo.

Guiados pelas artimanhas do duende, Lisandro e Helena chegaram perto de onde dormia Demétrio. Discutindo, Helena acusa Lisandro de fazer piada com seus sentimentos.

– Por que pensa que é deboche?

– Ora! Simples! Você, que amava Hérmia, não pode ter caído de amor por mim da noite para o dia!

– Ninguém que faz piadas chora, Helena, não confunda meu amor com piadas! Me ofende! Sinta, é verdadeira paixão!

– Mas você não desiste nunca! Isso irrita! Todos sabem que você ama Hérmia. Nada que diga muda isso, Lisandro!

– Eu estava louco! Meu amor por aquela mulher não passava de delírio, ilusão.

– Agora está mais maluco ainda!

– Demétrio tampouco lhe ama também, Helena! Faço esse apelo ao seu juízo, por favor!

– Mas eu amo Demétrio com toda força, nada que diga poderá mudar isso, então é melhor que pare, Lisandro!

Ao ouvir seu nome dito tantas vezes, Demétrio acaba por despertar e abre os olhos. Vê diante de si Helena, e mais uma vez o efeito do caldo do amor foi imediato!

A moça cintilou diante de seus olhos e Demétrio cegou-se diante de seu brilho, apaixonando-se irremediavelmente por aquela moça que até pouco tempo desprezava.

– Ó Helena perfeita! Seu olhar me fascina! – disse ele, enquanto se levantava e esfregava os olhos embotados de paixão.

Helena, que sofrera durante longo tempo por Demétrio, não acreditou na súbita paixão.

– Inferno! Virei motivo de piada de todos! É uma injustiça, me ofendem por esporte! Vocês combinaram, foi?

Do invisível, Oberon estava satisfeito com a consumação do encanto do amor-perfeito. Finalmente fizera Helena ter o amor de Demétrio, como era desde o início seu intento. Helena, contudo, ainda estava incrédula quanto a tudo que acontecia inexplicavelmente ao seu redor:

– Como pode ser tão cruel, Demétrio! Debochar do meu amor assim... Já que ama Hérmia, fique com ela! – protestou Helena, ao que juntou Lisandro:

– Já eu declaro e afirmo: não a amo! Passem bem, Demétrio e Hérmia! São meus votos!

– Quanta patifaria, Lisandro! Deixe comigo Helena, você ia fugir com Hérmia, sabemos! Siga com seu plano e intento, nada farei para impedir, vão em paz, sumam!

– O seu amor por Helena a mim pertence, e lhe digo: um amor verdadeiro como esse sempre vence! – Lisandro desafiou o rival.

– Nem um nem outro calem a boca! Todos vocês mentem! – acrescentou Helena tomada de ódio, acreditando ser vítima de algum tipo de deboche ou combinação dos dois rapazes para passar o tempo e fazer uma brincadeira, o que não tinha nenhuma graça.

Eles não lhe davam ouvidos, continuando a discutir quem deveria ficar com quem.

– Fique você com Hérmia, Lisandro! Todo meu amor por ela acabou, ou quem sabe nem tenha existido... Helena é quem eu amava, amo agora e para sempre, eu juro! – assegurou Demétrio sobre sua nova paixão.

– Isso é verdade, Helena? – Lisandro colocou em dúvida as palavras de Demétrio.

– Vocês querem me deixar louca!

– Jamais duvide do que eu digo, ou sua vida estará em risco! Não faça pouco de minha lealdade. Veja, Lisandro, lá vem seu amor, Hérmia.

Hérmia vinha caminhando desesperada pelo bosque e, ao ver Lisandro envolvido numa discussão, logo quis saber por que fora deixada dormindo, ao que Lisandro respondeu:

– Quem não seguiria o amor?

– Então, por que fiquei? – Hérmia não conseguia entender.

Sem conseguir acompanhar direito os acontecimentos na velocidade em que aconteciam, Hérmia quis saber sobre qual matéria de amor seu apaixonado Lisandro se referia, pedindo-lhe que esclarecesse.

– O de Lisandro, apaixonado por Helena! – explicou ele.

– Lisandro, você bateu com a cabeça? O que te aconteceu neste lugar estranho?

– Ainda me procura, Hérmia! Não vê que a deixei?

– Como assim você me deixou? Estamos aqui para fugir juntos!

– Por puro pavor de você, eu a larguei no bosque e fugi sozinho. Por favor, entenda logo!

– Você pensa isso? Tem pavor de mim? Não era o que parecia – espantou-se Hérmia.

Tão ou mais espantada ficou Helena, cada vez mais convencida de que aquelas pessoas se juntaram para lhe pregar uma peça, alguma brincadeira terrível, e foi se sentindo mais e mais ofendida! Não era honesto brincar assim com os sentimentos de ninguém.

– Hérmia, moça ingrata e traidora! – disse Helena, sentindo-se particularmente atingida pela suposta traição da amiga de infância.

– Não consigo compreender de que estou sendo acusada, Helena, você que é a minha amiga mais antiga.

– Você, Hérmia, com esses dois moços zombadores, conspirou nessa mentira estranha, para me enredar no deboche! – Helena lançou a suspeita.

– Minha amiga, não pense isso de mim, jamais!

– Eu que pergunto, Hérmia, como ficam todos os segredos que confidenciamos como irmãs, tudo esquecido? A amizade da infância terminou?

– Somos ainda como irmãs, Helena! Eu não entendo o que se passa aqui para dizer a verdade, se é isso que deseja mesmo ouvir.

– É isso? Você quebrará esse antigo amor, apenas por piada, unindo-se a quem troça de mim?

– Se há alguém que debocha e faz piadas sem graça aqui não sou eu, Helena, é você.

– Eu? Ora, se foi você quem mandou seus admiradores até mim para dizerem aos meus pés falsas juras de amor! Por zombaria, elogiar, chamar-me deusa, divina e rara, preciosa, celestial? Por que dois homens que disputavam seu amor subitamente o renegariam?

– Não sei explicar isso, Helena, mas não fui eu quem os mandou. Eu juro, acredite!

– Foi sim, Hérmia! Está dissimulando com essa cara séria! Eu conheço vocês! Sei que rirão de mim quando eu virar as costas! Adeus, seus traidores! – disse indignada, fazendo menção de sair andando sozinha.

– Fique, Helena! Bela Helena, imploro! Ouça, eu posso explicar – suplica Lisandro.

– Explique! – pediu ela, esperando alguma resposta convincente para tantas mudanças repentinas.

– Amor, não deboche assim dela! – esbraveja Hérmia, atacada de ciúmes por Lisandro, e já perdendo a paciência com a amiga.

– Obedeça Hérmia ou eu o obrigo! – diz Demétrio a Lisandro.

– Jamais renegarei meu amor por Helena! Jamais! Não importa quem peça, e digo mais: ninguém será capaz de me obrigar! – Lisandro responde em tom desafiador ao rival.

Demétrio e Lisandro partem para uma acalorada discussão; Hérmia tenta acalmar Lisandro, mas é enxotada por ele, os berros e gritos só fazem aumentar e ecoam pela floresta.

Do invisível, Oberon e o duende acompanhavam tudo sem perder uma vírgula sequer. Claro, Puck se deliciava com toda a confusão, no entanto, o Rei já estava ficando muito preocupado: aonde poderia levar o engano do Puck, com o calor da discussão subindo cada vez mais? O duende se divertia a valer com toda a confusão que causara: a paixão, os ciúmes, por ele ficavam como estavam, enrolados todos nessas confusões, e pedia ao Rei:

– Senhor, só um pouquinho mais!

Então, continuaram assistindo.

– Lisandro, não o reconheço, o que houve, amor? – tentava entender Hérmia.

– Não sou seu amor, já disse! Fora, purgante, veneno!

– Lisandro, como pode falar assim comigo?

– Falo como eu quiser, Hérmia!

– É sério isso? Por quê? O que fiz, meu amor? Sou eu, Hérmia. Você não é Lisandro? Sou ainda bela como ontem, quando me amava e então me abandonou. Não pode ser verdade!

– É verdade! Conforme-se. Não quero ver você nunca mais! Não duvide, não é brincadeira: amo Helena!

Desconsolada e tomada por grande revolta, Hérmia volta toda sua ira contra Helena:

– Ladra de amor! Gatuna, roubou o coração de Lisandro se fazendo de minha amiga!

– Uma injusta acusação! Não tenho por Lisandro o menor sentimento! Acredite!

As amigas entraram em uma acalorada discussão, que ficou ainda pior quando Helena chamou Hérmia de baixinha. Aquele era seu ponto fraco desde os tempos de menina, coisa que Helena bem conhecia. Hérmia ficou uma fera com a deslealdade e disse que não era assim tão baixa a ponto de não alcançar a cara de Helena com as unhas, ou garras, como haveriam de estar transformadas. Helena teve um pouco de medo, mas não deixou as provocações de lado:

– Por favor, rapazes, não deixem a megera me ferir! Sou boazinha, não deixem que essa baixinha me bata! – Helena pedia defesa contra a fúria de uma Hérmia transfigurada.

– Me chamou de baixinha outra vez! Vejam, vejam, senhores, a provocação! Se apanhar, não poderá reclamar não!

– Hérmia, contenha sua ira!

– Tem medo, agora?

– Em nome da velha amizade, paz! Escute, uma trégua! Eu sempre a amei e guardei nossos segredos. Apenas um revelei, por conta de muito amar Demétrio. Contei-lhe sobre sua fuga com Lisandro....

– Helena, como você pôde!

– Espere, veja, ele a seguiu e eu o segui, para que nada de mal acontecesse! Mas ele me repreendeu, desprezou, não queria que estivesse junto dele, me ameaçou o tempo todo! Agora apenas desejo retornar a Atenas, estou muito cansada disso tudo! Acredite em minha sinceridade, não estou mentindo.

– Pode voltar! Quem impede, traidora? – disse Hérmia ainda zangada.

– A paixão por Demétrio!

Vendo que Hérmia e Helena poderiam se engalfinhar, Lisandro e Demétrio começaram a disputar, discutindo quem melhor defenderia Helena de Hérmia. Para evitar que as amigas realmente brigassem, Helena deu um jeitinho de ir embora da confusão, sumindo ligeira entre as árvores. Hérmia, por sua vez, fez a mesma coisa, afastando-se da briga dos rapazes. Cada vez mais enfurecidos, eles partiram à procura de uma clareira ou algum lugar onde pudessem lutar pelo amor de Helena, de forma definitiva!

CAPÍTULO 8

Apesar de Puck estar se divertindo muito, decidiu o Rei das Fadas que era hora de desfazer por completo o engano, preocupado com dois jovens armando uma luta no bosque. Oberon gostava de ver casais felizes e não brigando.

– Você se diverte tanto, duende, que começo a achar que o engano foi de propósito! – suspeitou o Rei.

– Acredite, senhor, foi de verdade um erro! Uma confusão com os trajes de Atenas. Fiz o que foi ordenado, não posso ser acusado de nada… mas não nego que o resultado me trouxe muitas risadas e ficou bem como eu gosto! – Puck não conseguia esconder a satisfação.

– Não está como eu quero e vamos mudar! – disse Oberon.

– Sim, senhor!

O Rei pediu dessa feita o máximo de atenção para que nada saísse errado e deu novas ordens ao seu ajudante:

– Esses amantes, que saíram para brigar, faça o escuro da noite os cegar. Cubra as estrelas com a mais escura bruma, faça com que se percam e não se enxerguem. Imitando suas vozes, duende, faça com que se distanciem cada vez mais, a andar perdidos até que o sono os domine! Nos olhos de Lisandro esprema esta erva, antídoto, que a vista de qualquer encanto liberta! Quando acordarem, a confusão terá passado e será uma lembrança do passado. Para casa, em Atenas, retornarão os amantes rumo ao amor eterno e em triunfo!

– Sim, meu senhor! – disse Puck e saiu em direção ao bosque para mais uma tarefa.

– Vamos, depressa, a aurora já se anuncia, deve tudo estar acabado antes que seja dia! Somos criaturas da noite.

Enquanto o duende desfazia a trapalhada com os namorados, Oberon ia finalmente se resolver com a Rainha das Fadas. Seu intento era negociar para finalmente obter o garotinho como seu pajem. Cada qual tomou uma direção.

Tão veloz quanto uma flecha, o duende voava sobre o bosque para cumprir as ordens de seu senhor. Avistou entre as árvores Lisandro, e este perseguia Demétrio, ambos querendo resolver a disputa no punho.

– Onde está você, Demétrio? Está fugindo, apareça, se é que dispõe de coragem para tanto!

– Aqui, bandido, venha! – respondeu Puck, imitando a voz de Demétrio.

– Vou te pegar! – respondeu Demétrio, iludido, saindo em perseguição da falsa voz projetada por Puck.

– Venha, venha, se tiver coragem, covarde! – incentiva o duende, enganando, fazendo-o andar sem rumo, perdido.

Com Demétrio agiu da mesma forma, remedando a voz do rival:

– Lisandro, fale de uma vez por todas, onde quer que esteja! Para onde fugiu? Sumiu?

– Covarde, grita pedindo guerra e não se apresenta! Nem preciso usar a espada, bastará um galho! – fez o duende, tripudiando, imitando a voz cansada de Lisandro.

– De onde fala? Apareça!

– Se quer mesmo lutar, basta seguir minha voz! – o duende insiste.

Lisandro estava ficando cansado de caminhar perdido pelo bosque, perseguindo sem encontrar Demétrio, uma vez que ia na direção oposta:

– O bandido é bem mais veloz que eu!

Cada vez mais exaurido de perseguir Demétrio em uma noite tão escura, com a lua encoberta por densas brumas, resolveu deitar-se e descansar até que o sol nascesse para que a luz do dia iluminasse aquilo que perseguia. Consumido pela fadiga, não demorou para que o rapaz caísse no sono. Do mesmo jeito, perdido e cansado de perseguir uma voz que jamais alcançava, Demétrio esconjurou:

– Espere por mim! Desafio mais uma vez, se tem coragem! Fica evitando o confronto, covarde!

Esgotado, também conclui: melhor esperar pelo raiar do dia, com a chegada da luz o confronto será inevitável. Aguardando o amanhecer, Demétrio dorme o sono mais profundo.

Desta feita, para garantir sua tarefa e evitar qualquer erro e a ira do rei, Puck faz tudo minuciosamente e, usando de suas artes e mágica, atraiu Demétrio para onde dormia Helena.

– Noite longa e cansativa! Que logo termine e, ao raiar de um novo dia, eu encontre o caminho de volta para Atenas, onde finalmente poderei ter um pouco de paz! – desejava a jovem.

Ainda assim o duende não ficou feliz; dos quatro jovens para formar os casais, faltava uma, Hérmia:

— Dois mais dois: quatro — Puck fazia contas, enquanto ria. — Lá vem a que falta, trasbordando de ódio!

— Nunca fui tão machucada! Não consigo seguir, nem sequer me arrastar. Estou tão desconsolada que minhas pernas não mais obedecem. Vou recostar e descansar até que nasça o dia — a jovem deitou, maldizendo a estranha noite e as situações pelas quais passava no bosque.

As moças, esgotadas e à mercê de Puck, também sucumbem ao sono. O duende se desmancha em gargalhadas, dessa vez não havia erro, tudo saía conforme planejara.

Devia agir ligeiro, a passarada já avisava o sol vindo em sua carruagem e anunciando um novo dia, e Oberon tinha sido bem claro sobre o amanhecer: raios de luz não deveriam alcançá-los.

— Que este chão seja uma boa cama! O remédio, a cura para os males todos, eu trago aqui comigo! — dizendo isso, coloca o antídoto nos olhos de Lisandro. — Quando acordar, terá o maior prazer em rever seu bem-querer! Como dizem as gentes desta terra:

Cada qual com o que é seu.
Maria terá João,
João terá Maria.
É o fim da pantomima.
Receberá cada um o que perdeu.

CAPÍTULO 9

O tempo também corria para Oberon. Antes de o dia clarear, tinha um assunto de muita importância para resolver com Titânia! Convencê-la a deixar o menininho ser seu pajem. Ainda que houvesse muito ciúme entre eles e acusações de parte a parte, esse era o motivo principal pelo qual o Rei e a Rainha das Fadas estavam rompidos.

Sorrateiro e invisível para não perder o hábito de espiar antes de fazer qualquer outra coisa, Oberon observava atento a Rainha. Estava linda e etérea, como sempre foi por toda a eternidade, contudo, tinha ares de bufa, estando sob efeito do encanto do caldo do amor-perfeito. O Rei testemunhou a ridícula e constrangedora cena de Titânia adornando a cabeça de seu amado burro com uma tiara de flores, para em seguida lhe acariciar os orelhões.

Ele, por sua vez, se aproveitava daquela sorte toda.

– Flor de Ervilha, por favor – chamou Fundilhos.

– Estou aqui!

– Minhas orelhas estão coçando, pode coçar? Onde está Teia de Aranha?

– Aqui!

– Teia de Aranha, traga-me um favo de mel! Não precisa pressa, tenha cuidado para que o favo não derrame. Quero ver esse copo cheio até a borda! Onde está Semente de Mostarda?

– Aqui!

– Venha e ajude Flor de Ervilha a me coçar. Preciso ir ao barbeiro, todo esse pelo na cara me causa uma coceira insuportável! Tenho a pele sensível.

De onde estava, Oberon ria ao ver a caricata cena, e a ele juntou-se Puck, que surgira depois de cumprida a última ordem.

– Amor, o que deseja comer? – quis saber Titânia.

– Na verdade, um prato de feno não tem igual, com cenouras por cima! – pediu o asno.

– Posso pedir que as fadas tragam nozes dos esquilos! – sugeriu a Rainha, tentando agradar.

– Gosto mais de ervilhas secas. Mas agora tenho sono e prefiro mesmo dormir sem que ninguém me perturbe – pediu Fundilhos, que estava estafado por causa da noite tão movimentada.

– Durma, meu amor, durma em meus braços! Saiam, saiam fadinhas! Meu amado precisa de sossego, vão! Quanto amor tenho por você!

Puck e Oberon continuavam se divertindo vendo Titânia agir sob efeito do caldo:

– Veja, duende, que cena mais bela! A Rainha das Fadas dormindo aninhada a um jumento. Chega a dar pena! – disse Oberon, sem esconder a satisfação em ver realizados seus planos.

– Eu acho engraçado!

– Pobrezinha, mais cedo a encontrei no bosque colhendo flores para esse idiota. Questionei como a Rainha das Fadas poderia estar apanhando flores para um monstro com cara de asno... Debochei e a humilhei o quanto pude!

– O que ela fez, senhor? A ira de Titânia é conhecida!

– Dessa vez não teve forças para revidar, impedida por amor ao animal... Quando ela já não suportava mais tanto escárnio, então, lhe pedi sem mais o garoto!

– Não diga, senhor!

– Ela aceitou com a condição que eu os deixasse em paz, ela e esse asno. Aceitei o mais rápido! Saiu bem como calculei! Ela enviou o menino para o meu local secreto, agora ele é meu! Por isso, terei piedade e desfarei o que foi feito em seus olhos.

Obtendo aquilo que almejava, Oberon não viu sentido em deixar Titânia mergulhada no engano. Mandou que Puck desfizesse o que havia aprontado e removesse de Fundilhos o cabeção de burro.

– Duende, assim que eu sinalizar, retire o cabeção de burro do rapaz! Assim, ele e seus amigos retornarão para Atenas do mesmo modo como vieram, pensando que tudo não passou de ilusão! Eu, por minha vez, cuidarei de Titânia.

Oberon, possuidor do antídoto para o caldo do amor-perfeito, goteja-o nos olhos da Rainha dizendo:

– Volte a ser como antes era
Enxergue a visão verdadeira.
Diana, sobre o Cupido prevalece
Titânia, Rainha, desperte!

Assim que acorda, a primeira coisa que Titânia vê é o rosto do Rei, que acabara de pingar o antídoto nos seus olhos.

– Oberon! Que pesadelo! Achei que estava apaixonada por um asno.

– Veja seu amor ali deitado – mostrou Oberon.

– Estou pasma! Tenho pavor do que vejo! – chocou-se a Rainha diante da figura de Fundilhos.

Oberon fez sinal, mandando que o duende retirasse a cabeça de burro do rapaz. Titânia pediu, então, que as fadinhas tocassem uma música suave e relaxante para que, finalmente, todos os distúrbios da noite se dissipassem em um ambiente de tranquilidade, e todos os que estiveram no bosque aquela noite caíssem em profundo e relaxante sono.

– Volte a ser bobo, seu burro, acabou a brincadeira! – Puck desfez o feitiço com um único gesto no ar.

Em paz, Oberon e a Rainha dançam ao raiar de um novo dia, planejando a ida ao casamento de Teseu. Levar bênçãos aos duques para que seu enlace não seja um estorvo! Lá irão se casar todos os amantes que dormiam no bosque, agora sob os auspícios dos também reconciliados Oberon e Titânia.

– Rei das Fadas, a cotovia canta, já se anuncia a manhã – avisa Titânia enquanto o abraça.

– Vamos, Titânia, em paz! Em um instante já é noite outra vez.

– Sim, sigamos. No caminho, explique-me como foi possível que eu me apaixonasse por um mortal com cabeça de burro!

CAPÍTULO 10

Chegaram ao bosque para os ritos de maio, o Duque, Hipólita e Egeu.

Depois de feitas as cerimônias e festejos, Teseu planejou uma caçada, pois desejava exibir para a noiva seus cães de caça:

– Meu amor, ouvirá o som de meus cães! Soltem, soltem! – ordenou o Duque. – Vamos subir no alto do morro para ouvir a confusão da caçada, todos eles ladrando ao mesmo tempo. É como uma música, poderão escutar – descreveu entusiasmado.

– Certa vez, estive em Creta com Hércules, e cães espartanos acuaram um urso. Nunca ouvi uivos tão lindos! E, além das florestas, os uivos ecoaram como trovões! – descreveu Hipólita.

– Meus cães são espartanos e fortes como touros da Tessália! Um pouco lentos, mas têm bocas afinadas como sinos, escuta e ouve!

No caminho pelo qual seguiam se deparam com os casais deitados no chão, adormecidos.

– Mas quem são esses? – surpreendeu-se o Duque, ao encontrar pessoas dormindo no bosque.

– Senhor, esta é minha filha, Hérmia.

– Ora, veja que estranho! O que terá ela a nos contar a respeito disso, Egeu? Os outros quem são?

– Este é Lisandro, aquele é Demétrio, aquela é Helena, filha de Nedar...

– Não estavam em disputa? O que fazem jutos, dormindo tão tranquilos?

– Não posso imaginar por que estejam todos juntos – disse Egeu, tão surpreso quanto Teseu.

– Podem ter acordado cedo para os ritos de maio? – cogitou o Duque. – Sabendo de nossa intenção, vieram festejar conosco!

– Uma possibilidade, senhor.

– Egeu, acaso hoje não é o dia em que Hérmia deverá escolher seu destino? – lembrou-se o Duque do que ele mesmo havia decidido antes.

– Sim, meu senhor.

– Toquem as cornetas para acordá-los! – ordena o Duque com ânimo. – Bom dia!

Os amantes, despertos e surpreendidos diante da sua autoridade, ajoelham-se pedindo desculpas. Teseu manda que todos se levantem e logo quer explicações sobre o que faziam pessoas que se odiavam tão próximas e unidas:

– Há poucos dias apresentaram uma contenda no palácio e agora dormem tão próximas.

– Senhor, ainda que esteja um pouco dormindo, um pouco acordado, juro, não entendo como cheguei a tal situação – responde

Lisandro. – Se me desfaz a confusão do sono, para falar a verdade, me lembro, vim com Hérmia para fugir de Atenas. Nossa ideia, perdoe a franqueza, era ir tão longe, onde a lei ateniense não nos ameaçasse, estando livre nosso amor.

– Basta! – pede Egeu revoltado. – Se confessa o crime, que a lei se abata sobre ele! Eles teriam escapado, Demétrio, prejudicando nós dois. Mereço uma explicação.

– Egeu, meu amigo, eu lhe dou a explicação que me pede. Contudo, não sei se entenderá.

– Tente, ao menos!

– Helena os denunciou e vim no encalço deles! Eu, a fim de impedi-los, segui-os até aqui. Helena, por sua vez, seguiu-me por amor. Mas, meu senhor, durante a jornada, não sei explicar a razão, meu amor por Hérmia desapareceu como a neve no verão! Agora é uma lembrança tão distante, jaz apenas em nossa infância. E com toda a força da verdade, revelo ao senhor que estou apaixonado por Helena. A ela, sempre serei fiel!

O Duque, ouvindo essa história de reviravoltas e amores inesperados, explode de alegria e animação, constatando:

– Amor, amor! De algum modo o destino os uniu! A Fortuna age a favor deles, não convém contrariar, seria um grande azar!

– Mas, Sua Graça... – balbuciou Egeu, atônito.

– Egeu, conforme-se! Diante de fatos, não há como impedir. Esses casais estão destinados a se unir por toda eternidade! Farão isso conosco no templo, em breve! Está encerrada a caçada, deixamos isso para depois, vamos retornar até Atenas para uma festa gloriosa! Vamos, Hipólita, vamos! – decidiu o Duque, sem deixar qualquer espaço para apelação.

Egeu e Hérmia carregavam a mesma cara de confusão e surpresa, mas não pelos mesmos motivos. Nada mais restava a não ser seguir em frente. Gostando ou não, a situação estava resolvida:

– Tem certeza de que estamos acordados? Tudo parece sonho. O Duque mandou que o seguíssemos! – Demétrio mal podia acreditar.

– Sim, e ainda vai junto dele meu pai e Hipólita – disse Hérmia, incrédula quanto ao fato de o pai finalmente ter aceitado sua decisão.

– E nos levam ao templo do palácio – lembrou Lisandro. – Onde todos devemos nos casar!

Mãos dadas, os dois casais seguiram o Duque, ainda tentando entender e desvendar por completo qual encanto se passara à noite, naquele misterioso bosque.

No entanto, uma outra parte do sonho estranho continuava no bosque. Fundilhos despertava, espreguiçando, do sono intenso em que lhe colocou a suave música das fadinhas. Estava confuso entre sonho e realidade, não sabia dizer quanto tempo passara dormindo:

– Quando for minha deixa, me chamem, companheiros! – disse, disfarçando que dormira. – Responderei "Belíssimo Píramo". Ió! Ió! Ió! – fez, ainda com algum resquício de jumento.

Olhou ao redor e se viu completamente sozinho, o dia também estava claro:

– Madeira? Flauta? Bico? Faminto? Alguém aqui?

Sua voz ecoou entre as árvores do bosque vazio sem encontrar resposta.

– Foram embora e me deixaram aqui dormindo! Que sonho estranho me acometeu, me vi na cabeça de um asno, teria que ser um asno para falar sobre esse sonho, pois como humano não consigo explicá-lo. Apenas sei dizer que fui muito feliz, e como asno tive de tudo que nunca tive, apesar da cabeça de burro enorme, a cara coberta de pelos. Foi mesmo uma coisa muito esquisita... Pensando bem, até que daria uma ótima peça! Grande ideia! Pedirei a Joca Madeira para escrever o texto do sonho, e o título será "O sonho sem fundilhos", pois é um sonho um pouco furado, ou melhor, é uma história furada, sem pé nem cabeça... Quem sabe ela possa ser apresentada nas comemorações de um ano de casado do Duque!

CAPÍTULO 11

Em Atenas, a trupe de artistas estava preocupada com seu amigo falastrão Fundilhos. Joca Madeira andava de um lado para o outro, aflito, à espera de notícias, ansioso por saber se ele voltara do bosque:

– Mandaram alguém até sua casa para saber?

– Não há notícias! Será que foi preso, enfeitiçado, morto? – especulou Faminto.

– Sem ele, não tem mais peça – disse Flauta, lamentando os tristes destinos do amigo e da peça.

– Será impossível, é o melhor Píramo de toda Atenas! – Madeira concordou que o projeto não haveria de prosperar sem ele.

– Também o melhor tecelão – acrescentou Flauta.

– Uma excelente pessoa, esforçado, é o galã perfeito para o papel – Madeira juntou mais esse elogio.

O Duque chegava justamente nesse momento, e com ele trouxe as novidades do palácio, de que haveria mais dois casamentos.

Se Fundilhos não estivesse desaparecido, seria a oportunidade para um grande espetáculo!

Flauta inclusive imaginou um possível prêmio-salário, em moedas de ouro, que haveria de ganhar Fundilhos; diante de seu incrível talento exibido na corte de Teseu, perigava ser contratado:

– Que lamento, uma pena!

Estavam todos mergulhando nessa tristeza e desolação quando, de repente, são surpreendidos por aquela voz tão familiar:

– Como vão rapazes? Por onde andaram os companheiros?

Era Fundilhos.

– Fundilhos! Que visão esplêndida diante dos meus olhos! Fico feliz em ver você tão bem! – alegrou-se Joca Madeira.

A trupe toda ficou contente com seu retorno e encheu-se de esperança outra vez quanto ao sucesso da peça, não sem antes desejar saber por onde foi que andara.

– Não saberei dizer ao certo onde estive, amigos, mas foi maravilhoso, acreditem. Sem muitas perguntas. Juro, direi tal como foi – falou Fundilhos.

– Conte, Fundilhos! – pediu Madeira.

– Estamos curiosos! – insistiu Justo.

– Agora não falo nada, pois não há tempo! Saibam, o Duque já jantou! Aprontem seus trajes, vamos nos reunir ligeiros no palácio, cada um repasse o seu papel! Nossa peça foi a escolhida e vamos apresentá-la. Tisbe deve ter roupas limpas; quem faz o leão, afie as unhas como garras. Cuidem do bafo, não comam cebola ou alho, é preciso manter o hálito doce! Se cuidarmos de cada detalhe com esmero, tudo será agradável e, não tenham dúvidas, ouviremos elogios de quão doce foi nossa comédia! Sem mais, vamos, vamos, rápido!

CAPÍTULO 12

No palácio, Hipólita comentava com Teseu sobre o misterioso caso dos casais encontrados mais cedo no bosque. O Duque acreditava que tudo não passava de imaginação e devaneios da juventude, mas, para Hipólita, os acontecimentos narrados por eles eram muito estranhos e suspeitos, merecendo investigação mais atenta e cuidadosa.

– Teseu, amor, repare melhor como é esquisito o que aconteceu aos casais, não será perigoso? Que tipo de encanto reina sobre aquele lugar? Você, como Duque, não deveria pesquisar?

– Nunca acreditei em fábulas antigas ou em fadas. Loucos e amantes têm imaginação fértil e são capazes de criar imagens além da razão. Pintam o diabo mais feio do que ele realmente é. Assim também fazem o medo e o terror noturno. A imaginação nos ludibria, fez do arbusto na escuridão um terrível e apavorante urso. Não há nada por esclarecer, amada Hipólita.

– Esses astuciados noturnos e suas mentes perturbadas... A mim não parece fantasia, insisto, mas sim relato de muita consistência, embora incomum e admirável – Hipólita manteve a suspeita sobre o bosque.

Chegam os casais alvo da conversa. Teseu e Hipólita recebem os jovens, saudando-os com alegria. O assunto sobre o bosque foi deixado para depois, esquecido a fim de que fossem recebidos:

– Que alegria! Que o amor esteja sempre em seus corações! – o Duque bendisse com sinceros desejos de felicidade.

– E, especialmente, em vossa casa! – Lisandro retribuiu do mesmo modo ao Duque.

– Vamos, vamos, pois agora daremos início aos festejos! – disse o Duque.

– Venham queridos! – convidou Hipólita.

– Espera por nós uma peça teatral, a fim de fazer a hora passar mais fácil até a chegada das tão aguardadas núpcias. Filóstrato! – diz o Duque, chamando em seguida pelo mestre de cerimônias.

– Sua Graça, em que posso ajudar?

– Quais peças e outras programações temos disponíveis para o dia de festa? Precisamos matar o tempo.

– Aqui temos o sumário de seu divertimento, pode escolher o que deseja ver primeiro, senhor – Filóstrato estende uma folha ao Duque.

Teseu foi lendo a lista em voz alta, para decidir qual peça seria exibida primeiro:

– "A guerra dos centauros", eu e Hipólita já conhecemos. "O randevu das bacantes bêbadas", antiga e já foi muito encenada. "As nove Musas lastimando sua pindaíba", que peça triste, não condiz com a alegria do dia. "A mais lamentável comédia e a morte mais terrível de Píramo e Tisbe"… lamentável comédia e morte terrível? Parece uma boa sátira! – disse o Duque, ainda indeciso sobre o que assistir na primeira noite de festa.

– Se me permite Sua Graça, é realmente muito lamentável e curta. Se contei dez palavras, será muito – opinou Filóstrato.

– Quem sabe um divertimento rápido seja bom por ora?

– Ainda assim, se depender dos atores, pode ser bem longa e custará a passar seu curto tempo… Em toda a peça, não há ator nem palavra que tenha sido uma boa escolha, e trágica me parece, de fato, uma palavra ótima para constar do título, uma vez que Píramo se mata. Contudo, durante seu ensaio, as únicas lágrimas que me vieram foram das gargalhadas que não consegui conter – o mestre de cerimônias terminou sua crítica.

– Quem são os atores? – quis saber Teseu.

– Artesãos atenienses, Sua Graça. Não são atores, mas esforçam o corpo e a memória a fim de lhe render essa sincera homenagem em suas núpcias.

– Assistiremos a ela! – decidiu.

– Vossa Graça, eu assisti e talvez não seja para olhos tão exigentes como os seus, não vale nada. A menos que lhe agrade, ou valha a intenção deles – alertou Filóstrato.

– Assistirei! A exigência não pode ser maior que a dedicação de um povo. Vá e traga-os.

– Como queira…

– Tomem seus lugares!

Hipólita não concordou, e ao pé dos ouvidos do Duque dividiu o temor de que fossem tão maus atores a ponto de serem humilhados, quando sua intenção, na verdade, era honrar Teseu. O Duque garantiu que isso não aconteceria, ainda que Filóstrato tenha garantido o quão eram ruins:

– Meu amor, em nossa educação, seremos somente agradecimento. E será divertido desculpar tantos erros! Daremos valor ao seu esforço, não ao mérito. Quando voltei de Creta vitorioso e herói, me renderam muitas homenagens, as melhores foram por vezes as mais simples e muitas vezes aquelas feitas em silêncio até, mas movidas por sinceridade e boas intenções. Isso sim é importante: o sentimento que os guia! O amor, na sua forma mais nobre, tantas vezes se manifesta no gesto simples.

– Se lhe aprouver, já estão prontos e podem começar, Sua Graça – anuncia Filóstrato.

Teseu em um gesto ordena que se apresentem, as trombetas tocam anunciando o início da apresentação. Adentra ao palco Joca Madeira, para o dizer o Prólogo:

– Se ofendermos, não é por querer.
Não acreditem que viemos ofender, mas sim
estamos cobertos de boa vontade.
Queremos mostrar nossas habilidades.

Não pensem que aqui viemos desacatar!
Esperamos sinceramente contentá-los,
Vamos todos nos divertir!
Atores estão prontos,
a peça vamos abrir...

– Até que não começou muito ruim – avaliou Teseu.

– Mas comeu toda a pontuação falando de um só fôlego – reparou Lisandro.

– Foi como uma criança a tocar flauta de mamão... desafinada – criticou Hipólita.

– Não sejam tão rigorosos – pediu Teseu. – E agora, o que virá? Já estavam no palco, movendo-se desajeitados, enrijecidos pela tensão e vergonha, os outros personagens da peça, o mais duro deles, Bico fazendo o papel de Muro. Anunciados por um trombeteiro, dão um passo à frente Fundilhos como Píramo, Flauta como Tisbe, Faminto como Luar e Justo como Leão. Joca Madeira, olhando na direção deles, continuou o prólogo:

> – *Talvez esta peça cause sustos,*
> *mas fiquem calmos, eu explico!*
> *Este é Píramo, aqui no canto;*
> *A dama é Tisbe.*
> *O homem coberto de reboco, não estranhem,*
> *Representa o Muro que separa os amantes.*
> *Este com a lanterna sobre a cabeça representa o Luar,*
> *Sob o qual os namorados namoram.*
> *A fera aqui, chamem-na de Leão,*
> *Assustou Tisbe, que chegou antes da hora,*
> *Apavorada, escapuliu,*
> *mas deixou cair o seu manto!*
> *Esse vil Leão com sangue manchou.*
> *Píramo achou o manto...*
> *Enganado, pensando em Tisbe morta,*
> *pelo peito enfia a espada ardente.*
> *Tisbe vendo isso do escuro,*
> *Usa da sua adaga,*
> *Do mesmo modo morre de repente!*
> *A história correntemente,*
> *Leão, Muro e Luar, irão explicar em detalhes.*

Dito o prólogo todos, saem de cena e o Muro resta sozinho no palco.

– Que espanto o Muro irá falar? – surpreendeu-se o Duque.

– Sem espanto, senhor, me parece que o leão falará também.

Começa Bico a encenar o Muro:

– Umas explicações sobre o Muro. Queria que pensassem o muro com uma fresta ou passagem, pela qual Píramo e Tisbe, temerosos de serem descobertos, sempre sussurravam. Como mostra o reboco jogado sobre minhas roupas, sou esse muro, embora oco, esta é a fresta, imaginem.

– Jamais vi um muro tão falante! – comentou o Duque.

– É uma parede que gosta de tudo muito bem explicado – emenda Demétrio.

Fundilhos, muito compenetrado, retorna ao palco para junto do muro falante e começa:

– Noite horrível e escura!
Que desventura, fui esquecido por Tisbe!
Muro, ó muro!
Doce e amável muro,
separa nossos quintais.
Posso ver por suas frestas...

Bico, o Muro, separa os dedos para que Fundilhos pudesse espiar entre eles.

– Grato, Muro, que os deuses o proteja!
Mas o que vejo? Tisbe não está lá...
Tristeza, maldito seja esse muro!

– O Muro, penso eu, sendo tão sensível, deveria dar uma resposta! – sugere o Duque.

– Não, senhor, ele não deveria, "Maldito seja" é a deixa de Tisbe – explica Fundilhos. – Ela entra agora e eu a verei através dos furos. Vão ver que irá acontecer como eu disse. Lá vem.

Faz um silêncio maior que esperado, e Fundilhos tosse para que o amigo se atente para a deixa. Então Tisbe entra:

– Ó muro! Ó muro!
Tanto ouviu minhas lamúrias,
por separar Píramo de mim.
Já beijei seus tijolos
Acariciei o veludo dos musgos
com o pensamento em meu amor...
– Ouço uma voz ao longe!
Irei até a fresta espiar,
Tisbe, Tisbe, é você?

Fundilhos encena Píramo, ao que Flauta, na pele de Tisbe, responde com uma vozinha cada vez mais estridente, esforçando-se para melhor representar.

– Meu amor, sim, sou eu!
– Beije-me, beije-me
através do buraco
deste muro, amada Tisbe!
– Já tentamos de outra feita
Senti apenas gosto amargo,
Tijolos e musgo.

*– Tisbe, vamos nos ver
no túmulo de Nani.
Pode, agora?
– Não seria de Nono?
– Que seja.
Estarei lá,
o mais depressa!*

Fundilho e Flauta saem do palco deixam o Muro sozinho, que achou por bem explicar a fim de que não restasse dúvidas:
– Agora eu, Bico, o Muro, terminei minha parte e sairei...
– Ó, lá se vai o Muro tão diferente – comentou o Duque.
– Se as paredes, meu senhor, têm ouvidos, é sempre melhor que se vão – disse Demétrio.
– Quanta bobagem reunida – desabafou Hipólita, impaciente.
– Os melhores contam sempre com a ajuda de nossa imaginação e favoráveis olhos – interveio o Duque.
– Conte apenas com a sua imaginação, pois eles parecem não possuir nenhuma.
Atores no palco, calaram-se todos para ver o que viria a seguir. Era fato que, ao menos, aqueles pobres atores detinham a atenção, visto tão precária situação: figurinos improvisados, falas trocadas e quase nenhum cenário, não fosse o Muro e a Lua. Entram Faminto como Luar e Justino como Leão, que achou por bem dar aviso:
– Senhoras, senhores, aqueles que temem ratinhos a correr pela despensa, preparem-se, pois esse Leão irá rugir de forma inesperada. Quando isso se der, não corram! Lembrem-se de que sou eu, Justino, na verdade um marceneiro.
– Uma fera muito gentil e de boa educação – Teseu achou.
– Nunca vi leão mais educado – Demétrio emendou.

– Leão bastante covarde, me pareceu – disse Lisandro.
– Pode ser que seja esperto, caro Lisandro, ao contrário do que pensa – mais uma vez Teseu defendeu os artistas. – Agora, vamos ouvir a Lua.
– Trago uma lanterna para representar os raios da lua – proclamou Faminto, bem alto e solene.

Depois calou-se um pouco constrangido, sem saber se fazia bem como deveria o papel da luz da Lua. Tinha dúvidas se segurava lanterna diante do nariz ou sobre a cabeça.

– Essa Lua poderia mudar de fase e dar prosseguimento! – sugeriu Hipólita.

A Lua ficou lá parada, sem fazer nada enquanto a plateia esperava. Alguém estava atrasado em sua fala. Lisandro, para incentivar que seguissem, pediu:

– Prossiga, Lua!
– Da minha parte é apenas isso, senhor – respondeu, morto de vergonha. Então, Tisbe entrou:

– Aqui é a Tumba de Nino!
Onde estará meu amor?
– Graaaar! (o Leão ruge.)
Tisbe, aterrorizada, foge e deixa cair seu manto.

– Ótimo rugido, Leão! – finalmente Demétrio fez um elogio.
– Boa corrida, Tisbe! – o Duque incentivou.
– A Lua também brilha com desenvoltura – comentou Hipólita.

Píramo surge para o encontro marcado e parece não ver o Leão, que do outro lado brinca com o manto de Tisbe. Depois disso sai.

– Lua, obrigado por me iluminar!
Tudo deixa com esse ar de prata.
Ali parece que avisto Tisbe,
Depois do túmulo de Nuno.
Mas, espere, não é possível!
Que tragédia terrível,
Horror, horror!
O manto rasgado de Tisbe,
todo manchado de sangue.
Destino cruel!
Me leve também!
Desejo estar junto de quem amo!

– Até que me deu um pouco de pena deste homem apaixonado – confessou Hipólita emocionada. – Corta-me o coração, mais por pena do homem.

– Natureza, para que fez leões?
O vil leão matou minha amada!
A mais bela dama que viveu nesta terra.
Me descem lágrimas de ira e revolta!

Que venha minha espada,
Ferir meu próprio peito,
No lado esquerdo
onde mora e bate o coração!
Assim morro e amo!

Assim dizendo, Píramo se golpeia com a própria espada. Depois de toda essa cena, Píramo e Lua deixam o palco.

— Com ajuda de cirurgiões, quem sabe se recupere e prove que é um asno — comenta o Duque.

— Por que a Lua foi embora deixando Tisbe no escuro? — Hipólita ficou sem entender.

— Ela o encontrará sob a luz das estrelas e lamentará seu fim — Teseu acha uma explicação, enquanto Tisbe vem entrando de volta para encerrar a peça:

— Dormindo, meu amor? (perguntou Tisbe deixando uma longa pausa na sequência)
— O quê? Meu amor morto, ó dor!
Píramo, levante-se! Morto, morto!
Não é possível! Logo mais estará enterrado
uma sepultura irá cobrir sua beleza,
pele macia, os olhos brilhantes, os lábios encarnados...

Fim. Se foi, se foi! Já chega, não quero mais nada!
Minha fiel espada, corte agora esse peito infeliz,
aqui agora acaba.
Tisbe, morre, adeus!

Tisbe se apunhala e cai no palco desmilinguida, ao som dos aplausos da plateia, que reconhecia o esforço daquela trupe, não sem perder o humor.

— Lua e Leão ficaram para enterrar os mortos — comenta o Teseu.

— Com ajuda do Muro — lembra Demétrio.

Píramo e Tisbe se levantam do palco gemendo, como quem retorna à vida.

— Não, sabemos se o Muro que os separava caiu, senhores. Gostariam de ver o epílogo ou um espetáculo de dança de nossa companhia? – ofereceu Fundilhos, tentando agradar ao Duque, com medo que não estivesse muito satisfeito.

– Nada de epílogo, por favor, pois a sua peça não carece de mais nada! Escute os aplausos, estão felizes. Agora, que venha a dança! – autorizou o Duque.

Ao fim da dança, Teseu mandou que todos se recolhessem aos seus quartos, já era tarde da noite. Deveriam descansar, ainda havia de se seguir uma quinzena de festejos e celebrações do casamento.

Com todos recolhidos, o palácio de Teseu ficou silencioso e vazio, já era hora das fadas, e apareceu por ali, com uma vassoura nas mãos, o duende Puck.

– Altas horas da noite! O lobo uiva para a lua, o camponês dorme cansado de um dia de trabalho. É a hora da noite mais escura, de assombração e visagem. A hora que as fadas escapam fugazes a fazer sonhos, colher orvalho... Com a vassoura, nesta hora mágica, vim varrer o pó atrás das portas desse glorioso palácio.

Além do duende, chegam também ao palácio Oberon e Titânia, acompanhados de seu séquito de fadas e elfos. O Rei ordena que as fadinhas iluminem todo o lugar. As chamas do fogo crescem, as pequenas fadas se põem a dançar e a cantar a mais bela canção, bailando leves como fagulhas no ar.

Titânia ordena que não desafinem, nem saiam do tom, tudo aquilo era para aquela casa ser abençoada.

– Cantem e dancem! – pedia a Rainha. – Até o raiar da aurora, dancem! Que em cada cômodo, cada canto desta casa se espante todo o mal! Incluindo os aposentos do Duque, vão! A descendência ali gerada será muito afortunada! Todos os casais aqui unidos, no amor permaneçam reunidos para sempre! Que o dono deste palácio e seus convidados sejam abençoados! Vão fadas, elfos e encontrem-me de volta na hora da alvorada!

Todos saem e vão abençoar o palácio de Teseu, menos Puck, que ao leitor dessa história reservou algumas palavras finais:

– Se nós, seres etéreos, os ofendemos,
saibam, nem tudo sai como se pensou.
Imaginem que as visões deste livro apareciam
enquanto vocês apenas dormiam.
Estes astuciados enfadonhos, uma história boba
nada mais, são mero sonho.
Senhores, por favor, não se zanguem,
desculpem, compreendam.
Sou Puck, muito honesto, prometo,
faremos por onde melhorar.
Ainda que justas vaias recebamos,
faremos outra vez até que fique bom,
ou me chame de duende mentiroso!
A todos uma ótima noite,
e aplaudam se formos amigos,
se não, estarei aqui, para fazer o certo!